오로라 상회의 집사들

오로라 상회의 집사들

이경란 장편소설

은행나무

차례

낯선 마을에 들어선 총잡이는 폼이리도 나는 건데, 민용과 연후는 총도 없고 폼도 안 난다. 서부영화에 단골로 등장하는 누런 흙먼지도 없다. 민용은 천 가방에 반만 들어가 있는 고양이를 품었고, 연후는 이불과 베개를 얹은 캐리어의 손잡이를 양손에 하나씩 움켜잡고 있다. 오는 동안 재채기를 몇 번 한 택시 기사는 아파트 정문에 그들을 내려주자마자 거칠게 액셀을 밟으며 떠났다.

"우와, 낡긴 낡았다. 40년 됐다고?"

민용이 단지를 두리번거리며 묻는다.

"39년."

연후는 흘러내린 이불자락을 건사하며 심드렁하게 대답한다. '오로라 아파트'라고 새겨진 푯돌을 지나며 연후는 단지를 천천히 둘러본다. 정문 오른쪽에 상가 주차장이 있고 그 옆으로 기역자 형태의 2층짜리 상가 건물이 있다. 빨간 벽돌이 깔린 주차장 바닥은 듬성듬성 이가 빠진데다 차에 눌려 움푹 꺼진 곳도 더러 있다. 5년 전 이곳을 떠날 때에도 새 아파트는 아니었지만, 심지어 그때도 이미 낡을 대로 낡아 있었지만, 지금만큼 을씨년스럽지는 않았다. 페인트칠을 제때 하지 않은 상가 외관은 허물 벗듯 칠이 떨어져나가 얼룩덜룩하고 '한마음 부동산', '꼭ㅈ네 바찬', '샬롬 헤ㅇ' 같은 간판 역시 온전치 않은 몸으로 퇴락을 증명한다.

겨우 여기라니. 집을 벗어나 온 곳이 결국 여기라니. 연후는 복잡한 마음이 되어 캐리어를 끈다. 아스팔트 바닥 곳곳이 패어 있다. 작은 구멍들과 큰 땜빵들에 시달리는 바퀴의 소음이 어마어마하다. 늙어 쇠진한 아파트 단지가 가쁜 호흡으로 그르렁거리는 소리다.

화단의 풀들은 무릎보다 더 높이 자라나 있다. 이 지경까지 풀을 방치한 적은 없었다. 풀이 좀 자랐다 싶을 때면 어김없이 전기톱 소리가 단지를 메웠다. 기계 소리가 사라지고 나서도 싱그러운 풀냄새는 밤늦게까지 바람에 실려 다니면서 연후의 마음 어딘가를 단정하게, 파릇파릇하게 씻어주었다. 풀 베는 일이 잔인하다는 생각이 든 건 교복을 입으면서였다. 멋대로 자라도록 좀 내버려두면 안 되나. 꼭 그렇게 풀 베듯 머리카락을 잘라내고 규격화해야 하는 건가. 통도 줄이지 마라, 길이도 자르지 마라. 헐렁이 할아범처럼 입으라는 거냐고 애들이 툴툴거리곤 했다. 그러면서도 머리를 자르지 않을 배짱은 없어서 가윗날에 머리통을 맡겼었다.

"앗, 고양이!"

민용이 소리를 지른다. 차 그늘에 엎드린 고양이가 이쪽을 보고 있다. 녀석은 한껏 나른한 표정으로 늘어져 있다. 눈이 가느스름해지다 동그래지고 동그래지다 다시 가느스름해진다.

고양이는 연후가 고등학생이었을 무렵 폭발적으로 늘어나고 있었다. 밤마다 고양이 밥을 주는 옆 동 아줌마와 이웃들이 여러 번 싸웠다. 도둑고양이를 왜 먹이냐고, 다 잡아 죽여야 된다고 노인들이 핏대를 올렸고, 요즘 말로 캣 맘이었던 옆 동 아줌마는 들은 척도 하지 않았다. 연후는 아무 생각 없었고. 고양이들이 늘거나 말거나, 차 밑에 엎드려 있거나 말거나, 고양이 따위. 월화수목금토일 학원 뺑뺑이를 돌아야 했던데다 어떻게 하면 땡땡이를 치고 강남역이나 PC방에서 놀수 있을지가 최대 관심사였던 연후에게 고양이는 '따위'의 범주에 드는 것이었다.

고양이가 어떻게 할 것도 아닌데 민용은 가방 속의 유로를 고쳐 안는다. 어쩌라고. 난 그냥 권태로울 뿐이야. 고양이의 표정이 딱 그래 보여서 연후는 민용의 무용한 단속에 픽 웃는다.

"여섯 번째 베란다 저기냐? 맨 위층?"

102동 앞까지 오자 민용이 가리키며 묻는다. 아파트가 처음이라니 그럴 만하다. 연후도 어릴 때 그걸로 떼를 쓴 적이 있다. 왜 옆집이 905호냐고, 904호 내놓으라고. 연후네는 903호였다. 몇 살이었는지, 정말 그랬는지 전혀 기억에 없다. 어른들이 그렇다니 그런가보다 하는 거지.

"다섯 번째. 4호는 없어."

복도식인 102동 경비실에는 아직 경비원이 있다. 공간만 되돌아온 것이 아니라 시간도 과거로 거슬러온 것 같은 기분에 잠깐 현기증이 난다. 경비원은 캐리어를 끄는 연후와 고양이를 안은 민용을 차례로 힐끔 보곤 CCTV 화면으로 시선을 돌린다. 어디 가느냐고 묻지 않는 경비원에게 이삿짐이라고 말하기가 멋쩍어서 대충 목례만 하고 올라간다. 어제 부친 택배 상자가 벌써 도착해 있다. 이토록 신속하게. 급한 건 캐리어에 꾸려왔으니 그럴 필요까진 없는데. 사람들이 다 너무하다. 너무 조급해한다. 따라잡을 수 없는 속도로 지구가 핑핑 돌아가는 느낌이다.

오래 비어 있던 집답게 먼지 냄새가 무겁게 가라앉아 있다. 민용이 베란다와 안방, 작은방, 부엌 옆의 창까지 모조리 열어젖힌다. 낡은 새시는 어딘가 뒤틀려 있는지 뻑뻑하고 날카로운 금속음이 난다. 복도로 나가 창을 열자 맞바람이 치면서

묵은내와 고인 열기가 빠져나간다.

유로는 가방에서 빠져나와 집 안을 돌아다닌다. 좁은 고시텔 방에서 명색이 아파트로 주거지가 바뀐 유로는 넓어진 공간을 확인이라도 하듯 쪼르르 달려갔다가 멈추고 또 달려가기를 반복한다. 네 개의 자그마한 발에 먼지가 한 움큼씩 매달린다.

"청소는 안 해도 되겠네."

연후가 유로를 가리키며 느긋하게 웃는다. 민용이 눈을 세모꼴로 뜨더니 수건으로 물걸레를 만들어 던진다.

"빨리빨리!"

쪼그리고 앉아 걸레질을 하다 말고 민용이 히죽거린다.

"야, 야, 집이 너무 넓다. 언제 다 닦냐!"

"먼지가 너무 많은 거지. 이걸 언제 다 닦냐, 진짜!"

연후는 집 안을 휘 둘러보다 걸레를 들고 작은방으로 들어간다. 정방형의 방. 그때는 이 방이 작은 줄 몰랐었다. 천장을 올려다본다. 귀퉁이에 엷은 갈색 얼룩이 있다. 낡은 아파트의 꼭대기 층에서는 별로 놀라운 일도 아니다. 예전 연후 방천장에는 야광별이 잔뜩 붙어 있었다. 매일 밤 잠들기 전 그걸 세던 기억이 지금도 선명하다. 그때 연후는 꼭 아홉을 빼먹고 여덟 다음에 열을 꼽았다. 열이 넘어가면 다시 하나, 둘, 셋……. 수학 점수가 엉망으로 나올 때마다 엄마와 동생이 그걸 갖고 놀렸다. 어릴 때부터 숫자 감각이 자유분방했다고.

"가스레인지를 두고 갔어."

민용의 말과 함께 탓탓탓 점화 소리가 여러 번 난다.

"고장인가. 이런 걸 두고 가냐?"

"형, 그게 아니다. 여기."

연후가 중간에서 뚝 끊어진 가스관을 가리킨다.

"연결해달라고 해야 할걸?"

"누구한테?"

민용의 물음에 연후가 전화기를 꺼내다 도로 집어넣는다.

"아무래도 마트부터 다녀와야겠다, 형."

연후가 걸레를 던져두고 개수대에서 손을 씻는다. 고여 있던 녹물이 콸콸 쏟아진다. 어쩐지 걸레질하는 내내 쇳내가 난다 싶더라니.

"물도 사야겠네."

민용이 잠깐 기다리라고 말하곤 가방에서 사료와 그릇을 꺼내 거실 한가운데 놓는다.

"헐, 이 와중에 그걸 챙겨오다니."

"그럼. 다 돈 주고 산 거다."

그릇은 때가 찌든 플라스틱이다. 이런 걸 돈 주고 사다니. 고시텔 주방에서 슬쩍하거나 중국집 그릇을 하나 빼돌리거나 한 거겠지.

마트는 예전 같지 않다. 채소의 선도는 형편없어 보이고 공산품 진열대도 널널하다. 주민들이 슬슬 빠져나가기 시작했으니 그럴 수밖에 없겠지. 언제까지 영업을 할지도 모를 일이고. 마트에서 물건을 사는 일도 드물었지만 가격표를 이렇게 세세히 체크해본 적도 없었다. 연후는 민용의 눈치를 살피면서 세 개 들이 아이보리 비누와 주방 세제, 삼천 원에 여섯 개가 묶인 2리터 생수, 두루마리 휴지 30롤짜리 등 가장 저렴한 물건으로만 골라 카트에 담는다. 이걸로 닦으면 아플 텐데, 이런 생각을 하면서. 연후의 이런 복잡한 마음을 알 리 없는 민용은 사료와 간식 구역에 붙박여서 움직이지 않는다. 제품마다 식품유형, 원재료명 등을 꼼꼼하게 스캔한다. 공부를 저렇게 했더라면 공시를 포기하지 않았을 텐데.

*

민용은 원래 개나 고양이를 좋아하지 않았다. 나 하나도 버거운데 무슨 반려동물씩이나. 부지런하거나 심심하거나 돈이 남아돌거나 하는 사람들이 키우는 거라고 생각했다. 고시텔 옆 골목에서 고양이를 발견하기 전까진 그랬다.

전봇대 아래에 놓인 종이상자가 꿈틀거리는 바람에 담배를 피우던 민용은 깜짝 놀랐다. 폭탄인가, 아니 폭탄이 움직이지는 않지. 게다가 노량진에 뭐 대단한 게 있다고 테러를? 설마 아기인가. 강남도 아니고 고시텔 골목에? 살금살금 다가가 상자를 열어보자 주먹만 한 새끼 고양이가 민용을 보며 냥, 하고 울었다. 잔뜩 긴장했던 민용은 실망스럽기도 하고 반갑기도 해서 쯧쯧쯧 혀를 차며 고양이를 얼렀다. 고양이가 다시 냥, 하고 울었다. 갈색과 회색이 섞인 녀석이었다. 가냘픈 울음소리가 대답 같기도 하고 비명 같기도 했다. 이걸 어쩐다? 망설이던 민용은 상자를 활짝 열어두었다. 캣 맘이 많다니 굶어 죽지는 않겠지. 겨울이 오기 전에 성큼 자랄 테니 얼어 죽지도 않을 테고. 그만하면 괜찮지, 뭐, 취직 걱정도 없고 네가 나보다 낫지. 여기까지 생각하자 연기 섞인 한숨이 푹 나왔다.

서른 넘은 나이에 직장도 없이, 비전도 없이, 무엇보다도 여친도 없이, 좁은 고시텔 방에는 빌어먹을 창문도 없이, 그리고 결정적으로 돈도 없이. 없는 걸 대라면 밤새 계속할 수도 있을 것 같았다. 순간 그 말이 왜 떠올랐을까. 나만 없어, 고양이. 고양이가 있다는 말은 키울 만한 능력, 환경, 성격을 다 갖춘 사람이라는 의미였다. 얘만 데리고 있으면 그 결핍의 목록 때문에 주눅드는 일은 더 이상 없겠지.

총무는 귀신이었다. 그렇게 조심을 했는데도 만 하루가 지나지 않아서 퇴실 통고를 해왔다. 아니다. 총무가 귀신이 아니라 누가 찌른 게 분명했다. 앞방 아니면 옆방이겠지. 아니면 말고. 진작 안면도 좀 트고 술도 한잔하면서 지냈더라면 적당히 넘어갔을 텐데 고시텔 들어오고 몇 달이 지났어도 코빼기 한 번 보지 못한 사이에 딱히 원망할 수도 없었다. 총무는 사람을 아주 말려 죽이는 데 재주가 있었다. 매일 아침 새롭게 통보했다. 5일 남았어요. 4일 남았어요. 일주일 말미를 주는 것에 대해 무진장 생색을 낸 총무는 네가 나가지 않으면 내가 쫓겨난다,라고 비장한 어조로 쐐기를 박았다. 민용은 그런 사람이 아니다. 자신 때문에 누군가 몹쓸 일을 당하게 할 수는 없었다.

연후가 민용을 찾아온 건 고양이 때문에 방에 틀어박힌 지 4일째 되는 날이었다. 사실, 외출을 하지 못한 이유가 고양이 때문만은 아니었다. 외출이란 현금이나 정지 먹지 않은 카드, 또는 통장 잔고가 있어야 가능한 고급 행위여서 현금은 떨어지고 잔고 없는 체크카드만 달랑 한 장 있는 민용에게는 선택의 여지가 없었다. 이백오십만 원짜리 정기예금 통장이 하나 있긴 했지만 그것은 한때 직장생활을 했다는 마지막 증거이자 불의의 창을 막아낼 방패이며 미약하게나마 남아 있는 자신감의 구체적 형태이므로 절대 손댈 수 없었다. 이제 그 돈을 헐어 방을 얻어야 한다. 고양이와 함께 살 수 있는 곳, 즉 고시텔이 아닌 곳으로.

"원룸 가면 밥은 없다, 알지?"

앱으로 빈방을 검색하던 연후가 확인하듯 말했다. 총무는 깐깐한 데가 있는 만큼 밥, 국, 김치는 제대로 갖춰놓았다. 밥솥에는 언제나 김이 모락모락 오르는 흰 쌀밥이 그득 들어 있었고 들통의 국은 마르지 않는 바닷물이었다. 고시텔을 벗어나기 싫었던 두 번째 이유다. 첫 번째는 누구나 다 아는 그 이유. 싸니까.

"밥보다 고양이다, 이거지? 형, 후회 안 하지?"

"야! 너는 내가 평생 고시텔에서 늙어 죽으면 좋겠냐! 그리고! 유로거든!"

"유로가 뭐냐, 우리한테 필요한 건 합격이잖아! 합격아! 어, 좀 이상한데?"

연후가 킥킥거렸다.

"자본주의에서는 돈이 최고다. 돈 중에 강세는 유로고."

연후가 화면에 시선을 고정한 채 손톱을 잘근잘근 깨물었다. 말려야 하는데. 민용은 연후가 손톱을 깨물 때마다 어떤 의무감에 사로잡혔지만 외면 말고 딱히 할 수 있는 일이 없었다. 어쨌든 손톱을 깨물고 있다는 건 민용의 거취를 진심으로 걱정하고 있다는 명백한 증거였으므로 몸 속 어딘가가 말캉해지는 기분이 들었다.

"안 되겠다, 형. 발품을 팔아야 해. 직방이니 다방이니, 실물 보기 전에는 알 수 없어. 미끼도 많대."

앞장서는 연후의 뒤를 따르며 민용은 연후가 꼭 형 같아서 쿡 웃었다. 형제가 있다면 이런 느낌이 아닐까. 민용은 연후가 처음부터 좋았다. 강의실에서 처음 만난 날 맥주? 소주? 라고 연후가 묻자마자 히죽 웃으며 말아서,라고 답했다. 연후가 고개를 살짝 틀고 눈웃음을 지으며 엄지를 척 치켜들었을 때, 민용은 저 눈웃음으로 여자애 여럿 울렸겠다는 생각을 했다. 둘은 그날 남은 수업을 말아먹었다. 네 살이나 어린 연후는 아무렇지 않게 말을 깠는데 민용은 불쾌하기는커녕 장난기 가득한 연후가 귀엽기만 했다. 학원에서 나이 따지는 것만큼 재수 없는 일도 없었고.

한 번 말아먹기 시작한 수업을 두 번 세 번이라고 못 말아먹을 리 없었다. 수업도 말아먹고 술도 말아먹는 사이 민용은 공부를 접고 학원비를 환불받았다. 6개월 치를 한꺼번에 지불했던 학원비는 등록 때의 할인 폭이 컸던 만큼 환불받을 때 정상가로 산정되면서 어마어마한 손해를 본 셈이었으나 그나마 빨리 건지는 게 현명했다. 민용은 공부에 소질이 없었다. 연후라고 나을 것은 없었지만 민용에 비해서는 한결 여유를 부릴 만했다. 그런 연후가 방 구하는 일에는 다급하게 굴었다. 사흘 안에 못 구하면 자기 집에 쳐들어가서 눌러앉을까 봐 그러나. 그러지 않는다고 장담은 못하지만 말이다.

노량진 일대를 다 돌아보았지만 마땅한 곳이 없었다. 마음에 드는 곳이 있었는데 천에 사십, 관리비 삼만 원이 별도였다. 월세도 오만 원이나 더 비싸고 관리비 추가에 밥도 없는 조건. 결정적으로 보증금 천에서 턱 걸렸다. 조정해준다고 했지만 보증금이 내려가면 그렇잖아도 부담스러운 월세가 더 올라간다.

둘은 뒷골목을 말없이 걸었다. 꽁초와 침을 피해 발을 골라 디뎌야 할 정도로 골목은 어수선했다. 식당과 술집과 카페 사이사이 담배를 피우는 무리들이 보였다. 이 동네에 처음 왔을 때만 해도 민용은 자신이 그들과 다른 줄 알았다. 비싼 학원비에 방값까지 들이면서 왜 저러고들 있는지 이해할 수 없었다. 자습실이 따로 제공되는 스파르타 반에 굳이 등록해놓고 자습은 하지 않는 인간들, 스터디 모임에 가입해두고 흐지부지하다 곧 탈퇴하는 회원들, 그 와중에도 예쁜 여자애들과 친해지고 싶어 안달난 놈들.

"가야겠다."

민용이 고시텔 쪽으로 방향을 틀었다.

"밥도 안 주고 나왔고."

"지금 들어가면 이틀 남는다, 형."

"공부하러 안 가냐?"

"페이스 조절도 좀 해야지."

"맨날 조절만 하잖냐. 달리지는 않고."

"어, 형, 이러기냐? 평균 3년이라는데 난 아직 멀었다고."

3년 지나면 누가 거저 붙여준다냐. 그 말이 튀어나갈 것 같아서 민용은 어금니를 물었다. 하필 눈앞에 당구장 건물이 떡하니 있었다.

"이틀이나 남았는데."

연후가 씩 웃으며 먼저 계단을 올랐다.

두 명의 아재와 게임이 붙었다. 연후는 민용이 300이라고 말하기 전에 재빨리 둘 다 200이라고 말했다. 왜냐하면 아재들이 200이라고 했기 때문이다. 당구장에서는 누구나 그렇게 한다. 그게 내기의 기본인데도 민용은 뻔한 거짓말에 서툴러서 낭패를 볼 때가 종종 있었다. 아재들은 그런 면에서 매우 능숙했다. 무슨 200이 그렇게 맛세이를 잘 찍니. 몇 큐 쳐보니 400은 되는 실력이었다. 아들뻘인 우리를 등쳐먹을 작정이었나.

게임은 말도 안 되게 졌다. 막상막하였는데 중반쯤 되자 연후가 도저히 못 칠 수 없는 공을 놓치고 민용이 칠 때마다 엉덩이를 툭 밀어서 방해했다. 아재들은 게임하는 내내 자기네끼리만 대화를 했다. 철거 이야기, 아파트 시세 이야기, 시세가 반토막인데 전세는커녕 월세도 안 들어온다는 둥, 그래도 다시 짓기만 하면 오를 테니 손 놓고 있다는 둥. 연후는 게임을 엉망으로 하면서 호기롭게 짜장면까지 시켜 자발적으로 덤터기를 썼다.

"근데 거기 저희가 들어갈게요. 서초동 오로라 아파트."

연후의 말에 짜장면을 먹던 아재들이 면발을 씹다 말고 정지 상태가 되었다. 민용은 눈알이 튀어나오는 줄 알았다.

"25평이죠? 101동 아니면 102동인데 어디예요?"

"어? 어, 102동이지."

"고속도로 옆이네요. 동향이고요."

"어떻게 그렇게 잘 알아?"

"살았거든요."

민용은 더 튀어나올 눈알도 없다는 표정이 됐다.

"자네들 둘이 살 건가?"

"아뇨."

민용은 이 새끼가 제정신인가 싶어 아무 말도 못하고 당구장 안을 휘 둘러보았다. 계산대의 알바생이 이쪽을 지켜보고 있었다.

"고양이랑 셋이 살 거예요."

민용의 얼굴이 팸토초의 속도로 쫙 펴졌다. 아재들은 즉답을 피하려는지 잠시 먹는 데에 열중했다. 민용은 면발을 뒤적이며 답을 기다렸다. 짜장면이야 붇거나 말거나.

출입문 쪽이 왁자해졌다. 공시생으로 보이는 네 사람이 떠들썩하게 들어서고 있었다. 야, 오늘은 형이 진짜 자습 좀 하려는데 니가 나를 아주, 몇 번요? 골로 보내는구나, 아니, 형, 자습은, 저기 안쪽으로 가십시오, 언제나 내일부터지, 다이어 트도 내일부터, 자습도 내일부터, 야, 야, 너 어제도, 아니, 아니, 사구 아니고 포켓볼요, 그런 식으로 끌고 다니더니, 내가 시험 떨어지면 니 탓이지, 내 탓 아니다, 어우, 형, 그러다 붙으면 뭐 내 덕이라고 해줄 거야? 말은 바로 해라, 내가 붙으면 내 덕이지, 왜 니 덕이냐, 참, 나, 형, 형이 붙으면 다 형네 부모님 덕이다, 형이, 여기요, 초크 없어요, 학원비 벌었냐, 야, 니들 그런 소리 할 거면 안 껴준다, 빨랑 편 갈라봐, 근데 공시 과목에 왜 삼각함수는 없냐고, 우리가 쓰리쿠션 하나는 먹어주는데 말이야, 야, 야, 수학 보면 있겠지, 미쳤냐, 수학을 어떻게 또 해, 누가 먼저 칠 거야, 그것도 없어진대, 아, 왜…….

"정말 들어올 거면 계약하고."

젓가락을 빈 그릇에 탁 놓으며 한 아재가 말했다.

"할게요!"

민용이 벌떡 일어서며 점호에 임하는 이등병처럼 대답했다.

다음날이 되자 흥분은 절망으로 변했다. 강남 아파트는 역시 꿈이었을까. 월세 백을 연후와 둘이 감당하는 건 말도 안 됐다. 연후는 천천히 한 명 더 구하면 될 테니 일단 계약하고 이사부터 하자고 졸랐다.

"진짜! 내가 그 새끼 눈치가 보여서 빨리 나와야 돼. 맨날 여친 불러서 뒹군다고. 내가 말했잖아."

약속 시간이 다 되도록 합류할 사람은 구해지지 않았다. 민용과 연후는 이러지도 저러지도 못한 채 컵밥 거리 흡연구역에 찌그러져 있었다. 애초에 무리였지. 민용은 새 담배에 또불을 붙였다. 누군가 흡연구역으로 들어서더니 담배를 피우는 것도 아니면서 미적거리다 말을 걸었다.

"어제…… 당구장에…… 말입니다."

연후가 옆에 다른 사람이 없는 걸 확인하곤 검지로 자기 가슴을 가리키며 눈을 치켜떴다.

"저…… 짜장면도 시켜드리고 말입니다."

"아!"

민용과 연후가 동시에 기억을 해냈다.

"한 명 더 필요한 거 맞습니까? 그 아파트 말입니다."

연후가 팔을 덥석 잡았다.

"완전! 지금 계약하러 가는 길이에요."

연후보다 몇 살 어려 보이는 그 알바생이 쑥스럽다는 듯 웃으며 따라붙었다.

부동산중개사무소는 당구장 바로 옆에 있었고 사장은 집주인과 함께 당구를 치던 아재였다. 중개수수료는 어제의 게임비와 짜장면값으로 퉁치겠다고 그가 사람 좋게 웃었다. 엄밀히 말하자면 자신이 한 일은 서류 한 장 작성하는 것밖에 없다는 거였다. 천이라던 보증금을 칠백으로 깎고 연후가 계약금 칠십을 그 자리에서 송금했다. 알바생 저커(맞다, 저커버그의 그 저커. 그렇게 불러달라고 했다)는 깜짝 놀라는 눈치였다. 민용도 놀랐다. 그만한 돈이 입출금 통장에 들어 있다니! 연후는 역시 강남 스타일이었던 거다.

*

강남 아파트에서 맞는 첫날을 그냥 넘기는 건 예의가 아니다. 민용과 연후는 술판을 벌여놓고 저커를 기다린다. 자정을 넘기자 비로소 복도 바닥을 긁는 바퀴 소리가 들린다. 연후와 민용은 소주를 두 병씩 비운 후에서 반쯤 드러누운 자세로 시시껄렁한 이야기를 나누고 있던 참이다. 최근에 본 미드라든가, 마지막 키스는 언제였나 같은 이야기. 도어록을 해제하는 소리가 나고 문이 열리자 저커가 숨을 몰아쉬는 소리가 먼저 들이닥친다.

"노량진에서부터 뛰어왔냐?"

연후가 자세를 고쳐 앉으며 농담을 한다. 이사랍시고 이 시간에 캐리어를 끌고 들어오는 저커에게 '힘들었지'라든가 '어서 와' 같은 말은 나오지 않는다. 친한 사람에게도 어색한 말을 낯선 녀석에게는 더 못하겠다.

"엘리베이터가…… 고장……났습……니다."

저커가 허리를 꺾고 호흡을 고르며 대답한다.

"헐!"

민용이 일어나 앉는다.

"뭐, 전에도 그랬어. 자주."

연후의 심상한 말투에 민용과 저커는 어이없다는 얼굴이 된다. 무슨 아파트가 이래. 여기 강남 맞아? 이런 표정.

"12층인데…… 말입니다."

저커가 낙담한다.

"형, 대신 꼭대기 층이라 담배 피우러 안 내려가도 되잖아. 베란다에서 막 피워도 뭐라 할 사람 없고 얼마나 좋아."

연후가 천하장사를 한 입 물며 말하자 민용은 찡그렸던 미간을 활짝 편다. 저커는 여전히 착잡한 표정이다. 저커가 가방을 구석에 세워두고 벌어진 술판을 살핀다. 안주는 천하장사, 핫바, 스윙칩, 김밥. 저커는 김밥을 손으로 집어먹는다.

"입주 파티 안 합니까? 삼겹살 굽는다고 했지 말입니다."

"얻다 굽냐. 가스도 안 들어오고. 불판도 없다."

민용이 느릿하게 말한다.

"형, 이러지 말고 내려가보자."

연후가 일어서자 저커가 들뜬 목소리로 묻는다.

"나가서 마십니까?"

"아니, 내려가보면 뭐가 좀 있을 거야. 갖고 오자고. 다 살 거야? 재활용품 버리는 데 가면 없는 게 없을걸?"

"이 시간에? 엘리베이터도 안 되는데?"

민용은 내키지 않는 말투다.

"낮에는 쪽팔리지. 아무래도."

연후가 잇몸이 다 보이도록 웃는다.

재활용품 수거장에 아직 수거딱지가 붙지 않은 서랍장과 책상, 전자레인지가 있다. 한쪽 구석에 가지런히 쌓인 그릇과 냄비도. 파지를 버리는 곳에는 노끈으로 묶어놓은 책이 몇 백 권은 되어 보인다. 몇 백 아니라 몇 천이라도 상관없는 물건이다.

"그릇만 가져가자. 저거 들고 계단으로 가느니 여기서 죽자. 맨몸으로 올라가기도 죽을 거 같아."

민용이 그릇 몇 개를 겹쳐 들고 앞장선다. 연후가 그 옆에 놓인 냄비와 프라이팬을 챙겨든다. 저커가 탐낸 물건은 전자레인지다. 전선을 돌돌 말아 청 테이프로 고정시킨 전자레인지가 멀쩡해 보인다.

"그건 내일 엘리베이터 될 때 가져오지?"

연후가 계단을 꺾어 오르며 말한다.

"누가 가져가면 어떡합니까? 가스도 안 들어온다지 않았습니까. 이거면 라면도 끓일 수 있지 말입니다."

"아까 라면 사올걸 그랬다."

민용의 말에 저커가 충격을 받는다.

"안 샀습니까? 라면을?"

"가스가 안 되니까."

연후가 담담하게 대답한다. 7층을 지나면서부터 말하는 사람이 없다. 발소리와 거칠어지는 숨소리만 고요한 계단을 울린다.

"야아, 된다! 되는 걸 막 버리는구나!"

노란 광선 아래 빙글빙글 돌아가는 유리판을 들여다보며 민용이 감탄한다. 전자레인지가 수족관이라도 되는 것처럼 저커도 옆에 바짝 붙어 서서 들여다본다. 연후는 한 발 물러나 팔짱을 낀 채 둘의 뒷모습을 본다. 고장난 전자레인지를 이사 나갈 때까지 끼고 있는 집은 없다. 이사하는 김에 싹 다 새 걸로 바꾸려고 버리고 가는 거지. 꼭 이 동네여서 그런 것도 아닐 텐데 저토록 신기할 일인가.

"강남은 강남이지 말입니다. 이렇게 멀쩡한 걸 막 버리고 말입니다. 서랍장이랑 책상까지 다 가져와야 되지 말입니다. 내일 아침이면 늦을 수도 있지 말입니다."

저커가 흥분한 목소리로 주절거린다.

"걱정 마. 이사 나갈 사람들이 주워가진 않아. 있는 것도 버리고 나가는 판인데. 책상이나 서랍장이 꼭 필요한 것도 아니잖아. 나중에 버리려면 돈 들어."

연후의 말에 저커의 표정이 복잡해진다. 이걸 기뻐해야 하나, 말아야 하나, 갈피를 잡아보는지 입을 쭝긋 내밀고 있다.

"뭘 돌리지?"

땡, 소리를 내며 전자레인지가 멈추자 민용이 불쑥 말한다. 어려운 문제다. 잠시 고민하던 저커가 장 봐둔 걸 뒤져 봉지 커피를 꺼낸다.

"밥공기에 커피 마시니까 배부른 느낌 들지 말입니다."

저커가 실실 웃으며 말하고는 한 모금을 더 마신다. 후룩. 민용과 저커도 한 모금씩 마신다. 후룩, 후룩.

"근데 방 어떻게 쓸지 정했습니까?"

저커는 조심스럽다는 듯 공손한 말투로 민용에게 묻고 연후의 표정을 살핀다. 큼직한 안방과 그에 비해 형편없이 좁은, 그러나 고시텔보다는 훨씬 큰 작은방 그리고 거실. 방이 두 개밖에 없는 대신 평수에 비해 거실은 넓게 빠진 구조다.

민용과 저커가 새삼스럽게 집 안을 둘러본다. 연후는 갑자기 딱딱한 표정이 되어, 그걸 감추려는 듯 커피잔, 아니 커피가 든 밥공기를 두 손으로 감싸고 천천히 마신다. 두 사람의 뜨뜻미지근한 반응에 저커는 열없이 커피 한 모금을 더 마신다. 후룩. 그리고 김밥을 한 조각. 포일을 풀어헤쳐놓은 김밥은 김과 밥이 벌써 말라붙어 커피로 밥알을 풀어가며 씹는다.

연후가 소주병 밑바닥을 팔꿈치로 툭 치더니 뚜껑을 돌려 딴다.

"일단 한잔하고 나서 천천히 정해. 급할 거 없잖아."

연후는 내심 작은방을 혼자 쓰고 싶지만 민용이 독방을 쓰고 싶다면 작은방을 내주지 않을 수도 없고 한번 결정되고 나면 되돌리기 힘들 것 같아 결정을 미루고 싶다.

"중요한 건 규칙이지."

연후가 저커와 민용의 잔을 채우면서 말한다. 민용이 인상을 찌푸린다.

"야, 야, 지겹다. 규칙 같은 소리 하네. 여기가 고시텔이냐."

"그래도 규칙은 필요하지 말입니다. 공동생활 아닙니까."

저커가 낮은 목소리로 또박또박 말하고 잔을 비운다. 몸을 돌리는 것 같기도 하고 아닌 것 같기도 한, 헷갈리는 각도다.

"그럼 써봐. 써서 냉장고에 붙이자."

민용의 말에 둘이 동시에 웃음을 터뜨린다.

"형, 냉장고가 어딨냐."

"내 말이! 규칙은 냉장고 생길 때까지 보류다."

잠깐 긴장했던 세 사람은 규칙이고 방 배정이고 급할 게 뭐 있겠느냐는 심정이 된다. 급한 건 앞에 놓인 술과 안주를 먹는 일뿐.

*

　남부터미널역의 계단을 내려가며 저커는 올라오는 사람보다 내려가는 사람을 유심히 본다. 강남으로 출근하는 사람과 강남에서 출근하는 사람의 차이랄까, 그런 것을 발견하려고 애쓰는 자신이 낯설다. 지하철을 기다리느라 줄 서 있는 동안에도 스크린도어에 비친 사람들의 옷차림이나 표정을 주의 깊게 살핀다. 일단 옷차림이 노량진 사람들과 확실히 다르다. 정말 다른지는 모르겠으나 달라 보이는 건 확실하다. 어제 입었던 옷을 그대로 입은 자신부터도 달라 보이지 않나. 9.4킬로미터 옮겨온 것뿐인데. 어제 지도 앱으로 확인했을 때 당구장에서 아파트까지의 거리가 그만큼이었다. 9.4킬로미터는 사람의 정체성마저 바꿔놓기에 충분한 거리일까. 물리적 거리로는 아닐지 몰라도 심리적으로는 지구를 9.4바퀴 돈 것 같다. 지하철로 겨우 몇 정거장밖에 되지 않는 곳이 이토록 다른 세계라는 것이 놀랍고 하루아침에 우쭐해지는 자신이 더욱 놀랍다.

　저커는 스크린도어에 대고 씩 웃어본다. 아침 일찍 냉장고를 지고 나른데다 숙취도 좀 있지만 기분은 최고다. 어깨에 자꾸 힘이 들어가 양쪽을 번갈아 으쓱여본다. 뻐근하다. 통증에도 유쾌란 말을 붙일 수 있구나.

고속터미널역에서 9호선으로 갈아탄다. 지옥철이라던 9호선 급행열차는 듣던 것보다 양호하다. 본격적인 출근시간 이전이라 그렇겠지만 지옥철이라 해도 두 정거장쯤이야. 힘든 일이라면 치한으로 오해받지 않도록 두 손을 가슴께로 모아 쥔 자세를 계속 유지하는 것이다. 꼭 결박당한 죄수 같기도 하다. 또 하나는 가급적 타인에게 하체가 닿지 않도록 하는 일. 그게 생각만큼 쉬운 일이 아니어서 안전한 자세와 각도에 집중하다 보니 온몸이 뻣뻣해진다. 그러나 당구장에서 편의점으로, 편의점에서 당구장으로, 걸어서 5분도 걸리지 않는 두 지점을 왕복하는 단조로움에서 벗어났다는 기쁨과 설렘이 그 모든 힘겨움을 상쇄하고도 남는다. 저커는 비록 시급 알바생 신분에 목 늘어진 티셔츠를 입고 있지만, 마음만은 산뜻한 정장을 입고 번듯한 사무실로 출근하는 신입사원이라도 된 듯 벅차다. 이 많은 사람들 사이에 꼭 끼게 되니 마치 사회의 거대한 주류에 합류한 느낌마저 든다.

주류는 주류다. 알바계의 주류는 편의점 알바니까. 노량진역에서 지상으로 올라오니 아침 햇살이 찬란하게 반긴다. 혼잡한 지하철에서 한바탕 시달리고 난 후라 해방감마저 든다. 지금부터 밤늦게까지 일만 해도 별 불만이 없을 것 같다. 왜냐. 이제 진정한 퇴근이 생겼기 때문이지.

문을 열고 바로 포스를 켠다. 메인과 서브 두 개의 단말기를 판매 모드로 설정한 다음 음악을 재생한다. 오늘의 기분에 맞게 경쾌한 곡들로. 잰 동작으로 밀걸레를 빨아와 바닥을 닦는다. 모서리까지 단번에 쭉 밀고 나가 절도 있게 꺾는다. 영화의 한 장면 같다는 생각을 하면서, 더 빠르게, 더 절도 있게, 봉에 체중을 실어 쭉 나간다.

걸레를 빨아놓고 편의점 앞을 비질한다. 전날 퇴근한 이후로 버려진 꽁초와, 쓰레기통이 버젓이 있는데도 함부로 버리고 간 과자봉지 같은 것들을 말끔하게 치운다. 음료수 캔이나 빈병은 하나도 남아 있지 않다. 새벽녘이면 유모차를 밀고 다니는 노인들이 남김없이 주워간다.

이번에는 폐기물 정리다. 유제품과 도시락, 삼각김밥, 햄버거, 치킨 같은 상품을 순서대로 체크한다. 그런 다음 빵을, 가끔은 온장고에 든 카페라테를. 그러지 말아야지 하면서도 유통기한을 넘겨 폐기해야 하는 도시락이나 치킨이 있기를 기대한다. 그런 자신이 한심해서 침울해진다. 그게 뭐 어떠냐고, 점심을 주지 않는 사장이 나쁜 거지 내가 왜 한심하냐고 따지는 논리적 저커와 기분 상하는 건 어쩔 수 없다는 본능적 저커가 이 순간 첨예하게 대립한다. 승부는 그때그때 다르다. 먹을 만한 게 남은 날은 논리적 저커가, 아무것도 남지 않은 날은 본능적 저커가 승리한다. 인지부조화 이론의 구체적 예라고나 할까. 그러니까 편의점의 폐기물 정리는 뭐랄까, 이쪽 세계에서는 알바의 빛과 그림자라고나 할까. 오늘은 깔끔하다. 폐기물이 전혀 없다. 본능적 저커는 뇌 주름 사이에서 꿈틀거리는 논리적 저커를 타이른다. 내가 돈이 없지, 가오가 없냐. 당구장 구석에서 잘 때는 감히 할 수 없던 말.

트럭이 온다. 8시 반. 배송 점착 시간이다. 목록을 하나하나 대조해서 진열대에 정리하기까지 보통 두 시간이 걸린다. 중간에 손님들을 응대하는 횟수에 따라 시간은 더 늘어나기도 한다. 저커는 오늘 입고된 상품 중 삼각김밥 하나를 먹기로 한다. 먹고 시작하자. 이게 변화된 주생활에 호응하는 식생활이지. 그동안 아침을 왜 굶었을까. 할머니가 그랬다. 굶지 마레이. 한번 놓친 끼니는 평생 몬 찾아묵는데이.

할머니는 걸핏하면 굶었다. 할머니 말로는 굶는 게 아니라 금식이라고 했지만 저커는 그게 뭐가 다르냐고 소리 지르곤 했다. 그때마다 할머니는 빙긋 웃으며 성경을 펼쳤다.

"성경에 굶으라고 돼 있어?"

저커가 빈정거리면 할머니는 돋보기를 코끝으로 내리고 저커를 빤히 쳐다보며 말했다.

"야이야, 내가 성경을 다 아나. 어덴가는 있길래 사람들이 금식을 하재."

"그 사람들은 몇 끼 굶어도 될걸? 할머니랑은 다르지."

할머니는 옷 위로 척추가 마디마디 짚일 정도로 강마른 체

형이었다.

"살 뺄라꼬 금식하나, 어데."

할머니는 내렸던 돋보기를 다시 올려 쓰고 성경을 뒤적거렸다.

음식은 배를 위하여 있고 배는 음식을 위하여 있으나 하나님은 이것저것을 다 폐하시리라. 몸은 음란을 위하여 있지 않고 오직 주를 위하여 있으며 주는 몸을 위하여 계시느니라. 〈고린도전서〉6장 13절.

저커가 뒤져본 네이버 지식인 검색에 이런 대목이 있었다. 어쩌라고. 이게 굶으라는 말이냐고. 이것저것 다 폐한다는 건 대체 무슨 말인가. 할머니에게 이 대목을 읽어줄까 하다 말았다. 할머니라고 성경을 제대로 이해하고 있을 것 같지 않아서였다.

"내일도 굶을 거야?"

저커는 부루퉁한 음성으로 물었다. 알고 있었다. 할머니는 여간해선 이틀 연속해서 금식하지 않았다.

"아이다. 꼬치 따러 갈 낀데 굶으만 쓰나. 밥심으로 밭일하는 긴데."

"굶는 거 아니라며? 금식이라며?"

할머니가 못 들은 척 상 위의 찌개 냄비에 손을 대보고 말했다.

"씰데없는 소리 그만하고 퍼떡 무거라. 다 식었데이."

할머니는 고추밭에서 품을 팔고 일당을 받았다. 새벽길을 타박타박 걸어나가 미니버스를 타면 버스는 이미 타고 있던 동네 할머니, 아주머니들과 할머니를 데리고 가 고추밭에 부려놓았다. 7시경 시작되는 일은 5시경 끝났다. 해지기 전 돌아온 할머니는 신발을 차내다시피 벗고는 바로 드러누웠다. 곧바로 코고는 소리가 들렸다. 한숨 달게 자고 난 할머니는 어둑해지고 나서야 저녁밥을 지었다. 고추 수확철이 오면 할머니는 날마다 일찌감치 집을 나섰고 첫물부터 끝물까지 빠지지 않고 일했다. 일은 고됐지만 그만한 일자리가 없었다.

"그게 뭐야?"

다음날 아침 할머니가 밀폐용기에 주섬주섬 밥을 퍼 담는 모습을 본 저커가 물었다.

"도시락."

"급식 나오는데?"

"내 거다."

"점심 안 줘?"

"이기 오천 원이다. 도시락 싸가만 밥 안 묵는 대신 더 준다."

"반찬은 안 싸?"

할머니가 저커를 돌아다보며 말했다.

"밭에 천지가 반찬 아이가. 된장만 있으만 된다. 금방 딴 꼬치가 얼마나 맛있다꼬."

"뭐야, 그것만 먹는다고?"

"참도 두 번이나 준데이."

"뭐 주는데?"

"빵하고 두유."

할머니는 반찬으로 고추만 먹는 대신 7만 원 일당에 5천 원을 얹어 받는다고 좋아했다. 그리고 당뇨병에 걸렸다. 할머니는 그제야 금식을 끊었고 금식뿐 아니라 동네 사람들 중 가장 부지런히 달려갔던 각종 품일도 끊었다. 저커가 고3 때였다.

폐기물이 없다고 굶을 수는 없지. 평생 못 찾아먹을 놓친 끼니는 벌써 넘치도록 많아. 저커는 삼각김밥이 진열된 냉장고로 간다. 진열대 앞에 선 저커는 망설인다. 맨 왼쪽부터 들었다 놨다 하며 잠시 행복감에 잠긴다. 참치마요, 참치김볶, 전주비빔, 달콤통비엔나……. 이 많은 삼각김밥 중 하나를 순전히 내 의지로 고를 수 있다니. 저커는 피아노 건반을 좌르륵 훑는 글리산도 주법으로 김밥을 훑다가 고기고기더블삼각을 집는다. 제육삼각김밥과 달닭삼각김밥을 묶은 상품. 단품의 가격을 감안하면 이걸 사서 아침에 하나, 점심에 하나 먹는 게 경제적이다. 게다가 중요한 사실은 이 상품은 절대 폐기물로 넘어오지 않는다는 것. 저커는 제육삼각김밥을 음료수 냉장고 뒤편에 숨겨두고 달닭삼각김밥을 뜯는다.

저커는 피식 웃음이 난다. 저커의 소망 중 하나는 선택의 미로에 빠져보는 것이었다. 선택이란 얼마나 달콤한 말인가. 스물넷이 되기까지 무엇을 스스로 선택할 수 있었나. 출생도 자신의 선택이 아니었고 부모를 골라 태어난 것도 아니었다. 태어나보니 엄마도 아빠도 없이 할머니와 살고 있었을 뿐, 자신이 할머니를 선택한 것도 아니었다. 남들 다 간다니 대학을 갔고, 학비가 떨어져 휴학을 했으며, 휴학을 하고 나니 입대를 해야 했고, 입대 시기도 자신의 선택은 아니었다. 원한다고 대뜸 갈 수 있는 게 아니어서 밀리고 밀리다 어영부영 시간을 낭비한 다음이었다. 결국 어떤 상황도 자신의 선택이었던 적이 없다. 여건상, 또는 불가항력적으로, 누가 봐도 선택의 여지가 없는 상황의 연속이었다. 흡연구역까지 따라가 오로라 아파트에 합류하겠다는 의지를 밝히기 전까지는.

달닭삼각김밥은 달고 짠맛이다. 짜디짠 알바 인생에 잠깐의 단맛이 나쁠 건 없지.

*

저커가 출근하고 한참 지나 느지막이 일어난 민용과 연후는 눈이 휘둥그레진다. 싱크대 옆에 용량이 제법 큰 냉장고

한 대가 떡하니 버티고 있다.

"엄청난 놈이라니까! 이러고 출근하다니!"

민용이 입을 딱 벌린다. 연후가 메시지를 확인한 다음 냉장고 문을 연다.

"켜놨네. 닦으래."

"다른 동에 가서 주워왔다니. 학습 능력이 뛰어난 놈이다. 근데 왜 공부를 안 한다냐?"

"돈 모은다고 하지 않았어? 복학하려고."

연후가 냉장고에 든 생수병을 꺼내들고 마신다. 민용이 어어, 하면서 병을 뺏는다.

"입 안 댔거든."

민용이 밥공기를 헹궈 거기에 물을 따라 마신다.

"어우, 형. 왜 거기다 마셔……."

"왜? 여기다 커피도 마셔놓구선."

"그건 취했을 때고……."

연후는 컵이 없으면 병째 마시는 놈이다. 아무 데나 대충 따라서 마시는 놈은 아니다. 여기서 살던 놈이니까. 노량진에서 만났다고 다 똑같을 리 없다. 연후는 다르다. 저커와도 다르고 민용 자신과도 다르다. 저커는 또 얼마나 다를까. 한집에 살게 됐다고 사정이 같으란 법은 없지. 민용은 이제 그 정도는 안다. 아는 나이가 됐다.

민용은 행주로 냉장고 안을 대충 닦아낸 다음 고양이 사료를 맨 아래 칸에 집어넣는다.

"그걸 왜 거기다?"

연후가 키득거린다.

"넣을 것도 없는데 뭐. 사료도 신선하면 더 좋은 거 아냐?"

"아, 진짜. 냉장고 냄새 배잖아. 싫어한다고. 집사가 그런 것도 모르냐?"

민용이 두말 않고 사료를 다시 꺼내 그릇에 덜어놓고 싱크대 하부장에 집어넣는다. 유로의 밥그릇은 어젯밤 주워온 국그릇으로 바로 교체됐다. 연후가 세 개밖에 없다고 말렸지만 어림도 없었다. 같이 밥 먹을 일이 얼마나 되겠냐, 우리가 뭐 국을 열심히 끓여 먹겠냐, 그리고 나는 국 꼭 여기다 안 먹어도 된다. 민용은 그렇게 말했고 저커는 진정한 집사의 자세입니다,라고 말을 받았다. 연후는 가운데 손가락을 반쯤 펴다 말고 엄지를 들어 보였고.

"어쨌든 형, 잘됐지? 이제 맘대로 외출도 할 수 있게 됐고, 눈치 안 봐도 되고. 애도 넓은 데서 맘껏 놀 수 있고."

정말 그렇다. 이제 유로가 울거나 말거나, 돌아다니거나 말거나, 민용은 걱정이 없다. 걱정이라면 오로지 자기 자신에 관한 것밖에. 그동안 유로와 이사로 인해 잠시 잊고 있었던 그 문제.

연후가 사온 라면이 전자레인지에서 끓는 동안 민용은 베란다에 우두커니 앉아 담배를 피운다. 좋다. 집 안에서 담배를 피우다니. 이런 호사는 아무나 누릴 수 없다고 민용은 흐뭇함을 만끽하고 싶지만 순순히 그렇게 되지는 않는다. 실업급여는 이제 마지막 2회분이 남았고 그 후의 대책은 없는 상태다. 짠돌이처럼 굴어 모아둔 돈으로 보증금을 냈으니 여윳돈이 전혀 없다. 남은 실업급여로 두 달 치 월세는 낼 수 있겠지만 관리비나 생활비를 고려한다면 당장 아무 일이라도 시작해야 할 시점이다. 명색이 형이라면서 빌붙어 지낼 수는 없다. 연후라면 몰라도 저커에게는 못할 노릇이다.

　아무 일. 그 아무 일이란 것이 아무에게나 주어지지는 않는다. 게다가 솔직히 말하자면 아무 일이라고 쉽게 말해지는 일들이 아무나 할 수 있는 일도 아니다. 4년제 대학 졸업장이나 믿기 어려울 정도로 두꺼운 낯 같은, 민용에게는 없는 것들이 필요한 이 현실을 어떻게 해볼 도리가 없다. 자본이 필요한 일은 애초에 아무 일의 범주에 넣을 수조차 없다. 아무것도 필요 없으리라 기대했던 공무원 시험조차 필요한 조건들이 많지 않나. 공부에만 집중할 수 있는 자본이라든가 명석한 두뇌라든가 지칠 줄 모르는 끈기 같은. 아쉽게도 민용은 그중 어느 것도 갖추지 못했다.

　민용은 건너편 동을 의미심장하게 관찰한다. 저기는 복도

식이 아니고 계단식이구나. 몇 평이나 되려나. 창문이 하나, 둘, 셋, 그리고 베란다. 아파트에 살아본 적 없는 민용으로서는 겉모양으로 평수나 구조를 가늠하기 어렵다. 그저 더 넓다는 정도만 짐작할 수 있을 뿐. 저기는 어떤 사람이 살고 있을까. 적어도 다음달 월세 걱정을 하는 사람은 아닐 테지. 그렇겠지. 그런데 이제 어떡하나……. 담뱃재가 발등에 툭 떨어진다. 민용은 발을 흔들어 재를 털어낸다.

"형, 나 나갈 거거든. 형은?"

연후가 라면가락을 후후 불면서 묻는다.

"어딜?"

반사적으로 질문이 튀어나온다. 연후가 라면가락을 입에 문 채 빤히 쳐다본다. 저 눈빛은 뭐냐. 사람 무시하는 것도 아니고. 아니, 무시하는 거 맞지, 지금.

"일일이 묻지 말고. 피곤하게. 같이 살려면 그 정도는 서로 배려해야지. 콜?"

갑자기 연후가 낯설다. 이렇게 싹둑 자르고 선을 긋는 녀석이었단 말인가. 강남에서 자란 놈들은 원래 이런 건가.

"너는 왜 물어보냐? 서로 배려해야 된다며, 어?"

연후의 눈이 가느스름해진다. 이건 뭔가, 하는 순간 연후가 킥킥거린다.

"에이, 형, 삐졌구나?"

민용은 당황스럽다. 지금 예능을 다큐로 받았다, 이건가. 연후가 입에 문 라면을 씹어 삼킨다.

"가스 연결해달라고 전화했어. 오후에 온대. 형이 나갈 거면 내가 있으려고 했지. 둘 중 하나는 있어야 할 거 아냐. 쟤가 문 열어줄 수도 없고."

연후가 젓가락으로 유로를 가리킨다. 유로는 밥공기에 담긴 물을 할짝거리고 있다. 어젯밤 민용은 국그릇에 이어 밥공기도 포기한다고 선언했다.

"그리고,"

연후가 민용을 타이르듯 말한다.

"어디 가냐니. 정말 몰라서 묻냐. 학원 가야지. 내가 뭐 하는 사람이냐. 공시생이잖아. 오늘은 좀 가야지. 학원비 낸 게 아까워서라도. 응?"

민용은 팽팽했던 신경줄이 순식간에 푸르르 풀리는 느낌이다. 그렇다고 당장 티를 내기는 모양 빠지는 일이라 튕겨본다.

"그런 놈이 책을 팔아먹냐?"

"그럼 새 책인데 버리냐? 난 7급 안 볼 건데. 경제학 책 비싸다고. 헌법도 그렇고."

여기서 무너질 순 없지. 내친 김에 한 번 더.

"그러게 왜 새 책이냐고."

"형이 그렇게 묻는 건 아니지. 형도 새 책이었잖아."

"나야 포기했으니까. 넌 해야지."

"아, 차암! 9급 한다니까, 9급!"

연후가 발끈한다. 민용은 갑자기 좀 짠해진다. 언젠가 연후가 말했던 저지방 우유가 생각난다. 아이가 유치원 다닐 때는 부모가 서울우유를 먹인다. 서울대 갈 줄 알고. 초등학교에 들어가면 연세우유로 바꾼다. 연대는 갈 줄 알고. 중학교에 들어가면 건국우유로, 고등학교에 들어가면 저지방우유로 또 바꾼다. 연후가 학교 다닐 때 동네에서 떠돌던 우스갯소리라고 했다. 그러고 보니 그 동네가 이 동네네. 그래서 넌 뭘 마셨는데. 몰라, 엄마가 항상 컵에 따라서 줬어. 내가 지잡대 간 건 다 그거 때문이지.

거의 새 책이나 다름없는 것들을 연후가 중고마켓에 올리고 괜찮은 값에 팔아준 날 둘은 그걸로 술을 마셨다. 이런 돈은 바로바로 써야 해. 갖고 있으면 괜히 죄책감 느낀다고. 연후가 술잔을 부딪치며 그렇게 말했을 때는 몰랐는데 그 후 책장에 남아 있는 국어, 영어, 한국사 책을 볼 때마다 마음이 개운치 않았다. 혹시 9급 시험을 보고 싶어질 수도 있지 않을까 싶어서 남겨둔 것이었다. 시험 접수비조차 아까울 정도로 공부에 소질이 없는 주제에. 고졸 합격자들은 다른 별에서 잠시 망명 온 외계인으로 취급하는 게 맞았다. 민용 같은 전문대졸자들은 외계인도 지구인도 아닌 어정쩡한 인류쯤 되고.

라면을 다 먹자마자 연후가 집을 나선다. 등에 멘 가방이 묵직하게 처진다.

"일찍 올 거지?"

민용이 현관까지 따라 나가며 묻는다. 말해놓고 보니 이상하다. 이런 건 아무래도 어울리지 않는 대사다. 연후가 허리를 굽혀 운동화 뒤축을 끌어올리다 고개를 쳐든다.

"밥해놓고 기다리게? 형, 나랑 결혼했냐?"

연후가 징그럽다는 듯 진저리를 치더니 키득거리며 사라진다. 짜식, 말을 꼭 그렇게밖에 못하냐. 민용은 연후의 기척이 멀어진 후에도 민망함이 가시지 않아 배변통에서 맛동산*을 골라내고 감자**를 캐낸 후 한참이나 모래를 뒤적거린다. 모래에서 냄새가 난다. 슬슬 그럴 때도 됐지. 민용은 인터넷에서 찾아본 내용을 떠올리며 배변통을 베란다에 내놓는다. 일광소독을 하기 위해서다. 두부모래***는 가격이 저렴한 반면 자주 교체를 해주어야 하므로 결국 더 비싸게 먹히는 셈이다. 우리 아기는 소중하니까, 하는 마음으로 없는 형편에도 두부모래를 구입했던 건데 교체 주기가 너무 밭게 느껴진다. 베란

* 배변용 모래가 묻은 고양이 똥.
** 고양이 오줌과 배변용 모래가 같이 굳어서 뭉쳐진 덩어리.
*** 고양이 배변용 모래의 종류.

다 창 너머 까마득한 아래에 아무도 나와 놀지 않는 놀이터가 보인다. 멀리서도 모래의 푹신한 촉감이 느껴진다. 저걸 쓸 수 있다면 얼마나 좋을까.

*

단지 앞 정류장에서 전철역으로 가지 않는 버스는 없다. 연후는 그 사실을 알고 있지만 정류장을 지나쳐 걷는다. 이 길을 걷는 것도 퍽 오랜만이라는 감회에 젖어 고속도로 굴다리를 지나고, 어린이집을 지나고, 한의원과 굴지의 사교육 회사와─저 회사에 돈을 많이도 갖다 바쳤지─맥줏집과─저기서 신분증 없다고 쫓겨났었고─편의점을 지나 천천히 걷는다. 수업 하나는 이미 끝났을 테고, 지금 가봤자 하나 남은 수업을 듣고 자습실에나 가게 되겠지. 지난주에 본 모의고사 결과는 떠올리기도 참담하다. 학원 생활은 1년이 넘었다. 학원 생활이라기에는 학원보다 그 주변에서 맴돈 시간이 압도적으로 길었던 1년. 상담 선생은 애초에 평균 3년이라고 했지만 평균이란 건 어디에 적용되든 별 의미가 없는 개념이다. 될 사람은 1년 만에도 되고 안 될 사람은 10년이 지나도 안 되는 게 시험이지.

처음부터 시험공부가 적성에 맞아서 시작한 것도 아니다.

물론 공무원이 적성에 맞으리라는 보장도 없다. 적성으로 직업을 선택하는 사람이 얼마나 된다고. 졸업은 다가오는데 취업은 못했고, 앞으로도 잘될 자신이 없는 연후에게 공무원 시험을 권한 사람은 아버지였다.

"나랏일 하는 게 제일이지."

아버지가 '나랏일'이라고 말할 때마다 연후는 지금이 무슨 조선시대냐고 반항했지만 아버지는 '나랏일'에 미련을 버리지 못했다. 연후는 그 이유를 알고 있었다. 알 만한 사람은 다 알았다. 아버지가 젊었을 때 사법고시를 10년간 준비했고, 때를 놓쳐 취업을 하지 못했으며, 고시폐인으로 몇 년을 더 썩은 후에야 간신히 사람구실을 하게 된 사실을.

"아버지의 흑역사는 아버지로 끝내세요. 강요하지 말고."

"전문직이 안 될 바에야 그게 낫다."

"안 되는 게 아니라 못 되는 거거든요."

대화가 이쯤 되면 아버지는 화를 참느라 주먹을 꽉 쥐고 부들부들 떨었다.

아버지나 엄마가 말하는 전문직은 연후의 세계에는 존재하지 않는 직종이다. 의사, 변호사, 회계사 등등의 전문직을 꿰찰 사람은 벌써 초등학교 때 정해진다. 어릴 때부터 학원 뺑뺑이를 돌면서 수업을 빼먹지도 않고 시험 문제 하나에 벌벌 떠는 아이들. 연후는 그런 아이들을 잘 알고 있다. 한때는 같은 물에서 놀았으니까. 학교나 학원을 '물'이라고 할 수 있다면 말이다. 사람구실이란 게 스스로 하는 밥벌이라면, 자신의 세계에는 영원히 찾아오지 않을 말로 느껴진다. 그런데 그럼 좀 안 되나.

전철역을 지나친다. 등이 젖어든다. 연후는 메고 있던 가방을 추슬러 등에 바람이 들어가게 한다. 역이 있는 사거리에서 오른쪽으로 방향을 꺾자 내리막이 시작된다. 가방 무게까지 발끝에 실려 발을 디딜 때마다 툭툭 둔한 소리가 난다. 가방을 벗어 앞으로 돌려 안는다. 무겁다. 발끝을 차며 걷다 보니 어느새 다음 지하철역이다. 연후는 잠깐 망설이다 사거리 횡단보도에 선다. 갈 곳이 없다. 학원밖에 없는데 학원엔 가기 싫다. 망연한 심정이 되어 어느 쪽으로 건널까 고민한다. 연후가 서 있는 블록에는 스카이 다음으로 가기 어렵다는 재수학원이, 왼쪽으로 건너면 그 학원에서 떨어진 아이들이 간다는 재수학원이 있고, 정면으로 건너면 오래전 무너졌다는 백화점이 있던 자리다. 대각선 건너편에는 아버지가 그토록 열망했다던 판검사와 변호사가 득실거리는 법원과 검찰청이 있고, 그 주변으로 변호사 사무실이 밀집해 있다. 연후는 가방을 껴안은 채 주저앉는다. 보행신호를 기다리던 중년의 여자가 연후를 힐끔거린다. 연후는 신호가 바뀌어도 일어서지 않는다. 어느 쪽으로 건널지 결정을 못했고, 되돌아가자니 그

것도 내키지 않아 딱히 어디라고 할 수 없는 앞쪽 멀리로 멍한 눈길을 보내고 있다. 있는데,

"연후? 너 연후 맞지?"

중년 여자가 말을 건다. 연후가 여자를 올려다보며 주춤주춤 일어선다.

"아유, 못 알아보겠네. 잘 지내지?"

못 알아보지 그랬어요, 좀. 본 듯도 한 얼굴이다. 누군지 모르겠지만 일단 고개를 숙인다.

"졸업했니? 군대 다녀왔다는 얘긴 들었어."

다음 질문은 듣지 않아도 알 것 같다. 요즘은 뭐 하니, 또는 취직은 했니 정도겠지. 저쪽으로 건너려던 여자는 다음 신호에 건너기로 작정했는지 계속 말을 건다. 여기 신호는 간격이 긴데. 여자의 질문은 예상과 꼭 일치한다.

"아, 아직요."

여자의 표정에 금방 동정의 빛이 떠오른다. 글쎄, 그렇게 불쌍해할 건 없다고요. 아직 스물여덟이고 졸업을 유예한 것도 겨우 3학기째라고요. 이 정도는 보통이라고요. 이렇게 말해주고 싶지만 구차하다. 구차할 뿐 아니라 말할 틈이 없다. 여자는 그 짧은 찰나에도 속사포 래퍼처럼 자기 아이는 모두가 선망하는 굴지의 대기업에 취직한 지 벌써 4년 차가 되었는데 매달 백만 원씩의 용돈을 자신에게 주고 있으며 연말에

는 웬만한 중소기업 사원의 연봉에 해당하는 액수의 성과급을 받아서 몽땅 맡긴다는 말을 늘어놓는다. 아, 그러니까 걔가 누군지 저는 잘 모르겠다고요. 아줌마, 저한테 왜 이러세요. 물론 이렇게도 말하지 못한다. 연후는 신호가 바뀌기를 초조하게 기다리며 신호등을 노려보고 여자는 신호가 바뀔까봐 말이 점점 빨라진다. 죽으란 법은 없는지 신호등이 바뀐다. 연후는 어, 하고 매우 아쉽다는 표정으로 허리를 꺾어 인사를 한 다음 얼른 횡단보도로 뛰어든다. 전력질주로 길을 건너 법률사무소와 식당, 카페 들이 늘어선 이면도로로 들어선다. 존나 덥네.

그새 잊다니. 같은 아파트 단지가 아니더라도 이 일대는 친구 엄마, 엄마 친구 들이 아무 곳에서나 아무 때나 불쑥 튀어나오는 곳인데. 다짜고짜 자식 자랑, 남편 자랑, 집안 자랑을 하는 아줌마들은 동네에 널려 있었고 그들은 상대를 가리지 않았다. 아이들에게도 엄마들에게도 동네의 상인들에게도 기회만 있으면 끝없이 주절거렸다. 조금만 생각해보면 알 수 있는 일을 예상치 못한 자신이 한심하다.

몇 미터 앞에 대형 학원이 있다. 스카이 떨어진 아이들이 가는 학원에 떨어진 아이들이 그 아래 레벨의 학원에서도 떨어진 후 시험 없이 가는 학원이다. 수시도 가군도 나군도 다 떨어지고 다군까지 떨어진 연후가 등록했던 학원. 강의실에 빼곡하게 앉아 있던 놈들 치고 처음부터 재수하겠다는 놈은 없었을 것이다. 별 대안이 없었다. 재수 따위, 죽어도 하지 않을 테야. 다들 그렇게 말했겠지. 연후는 그다지 마음에 들지 않더라도 어디든 붙기만 하면 다닐 생각이었다. 딱히 마음에 둔 학교도 전공도 없기 때문이었다. 그런 연후의 각오를 알아채기라도 한 듯 대학들은 모두 연후를 거부했다. 드물게는 합격을 하고도 온 놈들이 있었다. 저보다 못한 아이들과 같은 학교에 다니느니 재수를 하겠다는 거였다. 그럴 거면 무엇 하러 등록을 해서 다른 아이들의 자리를 뺏느냐고 욕하고 싶었다. 그런 걸 두고 동네에서는 '안전빵'으로 걸쳐두는 것이라며 당연하게 여기는 분위기였다. '안전빵'의 가격은 입학금과 한 학기 등록금을 합한 금액이었지만, 게다가 1년 동안 학적을 유지하려면 2학기에도 등록을 해야 했지만, '안전'을 위한 보험금으로 그 정도는 기꺼이 지불했다. '안전빵'조차 없었던 연후가 불평을 했다면 꼴만 우스워졌을 것이다.

수업 이틀째가 되던 날 엄마가 메시지를 보내왔다. 붙었대. 연후는 교재를 책상 위에 쌓아둔 채로 빈 가방을 들고 조용히 일어났다. 어차피 버릴 건데 들고 가기도 귀찮았다. 무겁잖아. 아깝지도 않았다. 누가 쓰겠지. 나보다 불쌍한 놈이. 나는 붙었으니까. 비록 6차 추합이라도 붙고 나면 똑같으니까. 몇몇이 뒤를 돌아봤고 강사는 잠깐 말을 멈췄다가 흔한 일이라는 듯 수업을 계속했다. 연후는 가벼운 목례도 없이 문을 열고 나왔다. 하루 반만으로도 지긋지긋한 곳이었다.

아무래도 인생의 모든 행운을 그때 다 당겨쓴 게 아닐까. 연후는 무거운 가방을 추슬러 품에 안고 터덜터덜 걷는다. 주머니의 전화기가 부르르 떤다. 엄마다. 엄마는 학원에 있을 시간에 대뜸 전화를 할 사람이 아니다. 그 시간에 전화가 온다고 해서, 또 수업 중이 아니라고 해서 대뜸 받을 연후도 아니고. 전화는 제풀에 끊어졌다가 곧 다시 걸려온다. 이번에도 받지 않는다. 메시지가 온다. 엄마는 좀 집요한 데가 있다니까.

—너 서초동이라며? 학원은?

아, 이 아줌마들의 네트워크란 정말이지 궁극의 핫라인이다. 이런 일을 미처 생각지 못하고 선뜻 이 동네로 온 아둔한 자신을 탓할 수밖에 없지만 예상했더라도 그 상황에서는 별다른 대안이 없었을 거다. 룸메이트는 당장 방을 빼주기를 바라는 눈치였고, 아니, 눈치랄 것까지 없이 연후는 집에 편히 들어갈 수조차 없었다. 자습 시간 끝나기 전에 들어갔다가 벗고 뒹굴던 룸메이트 커플과 한번 맞닥뜨린 후부터는 들어갈 때마다 짜증이 났다. 지금 가도 되냐고 번번이 물어보기도 그랬고. 내가 손님이냐고. 대학 동기란 놈이 의리라곤 없이 점점 뻔뻔해져서, 놈이 그렇게 되면서 덩달아 그 여자친구도 못지않게 뻔뻔해졌는데, 그러고 보면 둘이 잘 어울린다고 해야 할지. 주말인데 집에 안 갈 거냐, 왜 일찍 왔냐, 요즘 공부가 안 되느냐는 둥, 속이 빤히 들여다보이는 질문을 하면서 긁어대 는데 웬만하면 성격 좋은 내가 참아야지, 혼자 살게 되면 고시 텔이다, 고시텔보다는 연립이 낫지, 아무리 반지하라도, 이런 마음으로 버티고 버티다가 화르르 불타오른 날이 있었다.

지난달이었나. 자다 깬 연후는 목이 타서 방 밖으로 나갔 다. 팬티 바람으로. 그건 너무나 당연한 일이었고, 냉장고를 열고 물을 따라서 돌아서기까지 한 손이 팬티 안으로 들어가 있었던 것도 지극히 자연스러웠다. 무엇보다도 잠이 덜 깼으 니까, 또 무엇보다도 내 집이니까. 게다가 그것은 새벽을 맞 아 씩씩하게도 최대한 발기되어 있었고, 그것은 혈기 넘치는 연후로서는 부끄러울 일도 아니었고, 뭐 그런 상황이었다. 사 내놈 둘이 사는 작은 집의 평범한 풍경.

게슴츠레한 눈으로 돌아서던 연후는 깜짝 놀라 컵을 떨어 뜨렸다. 그 여자애가 꺅, 비명을 질렀기 때문이다. 어어, 비명 을 질러야 할 사람은 나라고. 그녀는 팬티를 입었는지 안 입 었는지 알 수 없는 상태로 헐렁한 티셔츠 한 장만 뒤집어쓰고 있었다. 방문객 주제에 그런 유령 같은 모습으로 흐늘거리며 나타나 비명을 지르다니! 이건 뭐 같이 사는 거나 다를 게 뭐 냐는 생각이 순간 들었지만, 한편으로는 뭐 그럴 수도 있지, 하는 생각도 들어 한껏 너그러운 마음으로 씩 웃어주었다. 살다 보면 그럴 수도 있죠, 네.

비명 소리에 놀란 놈이 빛의 속도로 달려나와 못 볼 꼴을 봤다는 듯 여친의 어깨를 감싸 방으로 데려갔다. 그 와중에 썩은 얼굴로 연후를 한 번 째리는 것도 잊지 않았다. 그러니까 내가 자기 여친의 덜 입은 상태를 보고 웃었다는 건데, 그건 오해라고 한마디하려 했으나 이미 상황은 종료되어 연후는 2리터짜리 생수병을 들고 조용히 방으로 들어올 수밖에 없었다.

그 후의 일은 새삼 떠올리기도 치사했다. 놈은 연후와 마주칠 때마다, 물론 연후는 가급적 놈과 마주치려 하지 않았지만 그러기에는 집이 너무 좁았고, 벌레 보듯 했고, 그런 일이 있고도 꿋꿋하게 찾아와서 한여름에 아이스 아메리카노 마시듯 자고 가던 그녀는 연후를 사악하고 징그러운 뱀 정도로 여기는 게 분명했다. 게다가 집은 방음이 형편없었다. 이것들아! 피해자는 나라고! 연후는 방 안에서 혼자 그렇게 소리치곤 했다.

씹을까, 하다 연후는 최대한 곰살궂게 답한다.

—어, 아까 급해서 인사도 제대로 못했어. 근데 겁나 자랑하더라. 엄마는 자랑도 못하고. 미안.

미안,이라고 보내고 나니 없던 미안함이 갑자기 밀려온다. 이 정도면 아주 나쁜 건 아니라고, 아직은 그리 뒤처진 게 아니라고, 서른 전까지는 어떻게 되겠지,라며 태평하게 지내왔

건만 이 미안함은 갑자기 어디서 쓰나미처럼 들이닥치는 걸까. 게다가 서른 전까지 어떻게 된다는 보장은 절대 없으리라는 암담한 현실이 민용을 보면 실감이 난다. 취직하기도 힘든데 취직을 하고도 계약직이면 잘리고. 연후에게 공시는 아버지에게 사시 같은 것이다. 부자 간에 일대일로 딱딱 대응되는 이 정확하고 치밀한 구조라니.

—괜찮아. 엄마에겐 딸이 있으니까.

ㅋ이나 ㅎ을 붙이지 않고 어떻게 이런 말을 태연히 할 수 있는 걸까. 아무리 동생이 공부며 알바며 토익이며 오픽이며 똑 부러지게 척척 해내도 말이다. 엄마는 이럴 때 보면 피도 눈물도 없는 사람 같다. 이번에야말로 씹을까, 하다가 연후는 내일이 생활비 받는 날임을 상기한다. 생활비. 집에 있을 때는 몰랐다. 집 나서면 개고생이라더니, 집 나서니 생활비보다 무서운 게 없다. 여기서 대화를 끝내기엔 찜찜하다. 뭐라고 할까. 연후는 화면이 저절로 꺼질 때까지 노려보다가 마침내 한 줄을 완성해 보낸다.

—열심히 할게!^^

존나. 이건 보내고 나서 한 혼잣말이다.

그런데 열심의 세계란 어떤 곳일까. 연후는 사실 그 세계를 구경만 했을 뿐 한 번도 발을 디뎌보지 못했다. 열심히 공부를 한다든가 열심히 알바를 한다든가 열심히 연애를 한다든가, 그런 건 연후에게 잘 맞지 않는다. 연후도 공부를 했고 지금도 하고 있지만 열심히라기엔 아무래도 무리가 있고, 알바를 해본 적도 있었으나 열심은커녕 한 달 넘게 한 적이 없다. 아, 알바.

연후에게 알바의 기억은 떠올리기조차 싫은 것이다. 괜찮은 외모 덕에 카페 알바는 쉽게 구했다. 문제는 보건증이었다. 보건증이란 게 간단한 것 같지만 꼭 그렇지만도 않았던 것이 항문에 면봉을 찔러넣는 검사 때문이었다. 물론 셀프니까 별것 아니라면 아닌 건데 그게 또 그렇지 않았다.

연후가 처음 알바계에 발을 들여놓은 건 강남역 부근의 카페에서였다. 같은 시간대에 알바를 하던 여자애는 동네 아이였다. 초중고를 통틀어 서너 번 같은 반이었던. 몰라볼 뻔했지만 예전 얼굴이 아예 없지는 않았기 때문에 금방 알아봤다. 눈은 쌍꺼풀 수술에 앞트임을 한 것 같았고 코도 표 나지 않게 오뚝해져 있었다. 아주 자연스러워서 실력 있는 곳에서 한 티가 났다. 잘해보고 싶었다. 동네도 같고 동창이니 편하게 지낼 수 있을 테고, 무엇보다, 예쁘니까! 결론부터 말하자면 실패였다. 자꾸 면봉이 어른거렸다. 정말 별거 아닌데도, 쟤도 나처럼? 이런 상상이 사라지지 않았다. 그래서 뭐 그냥 어정쩡한 관계로 가끔 연락이나 주고받으며 지내다가 지금은 뭐 하는지도 모르는 사이가 됐다.

용돈이란 건 얼마를 받든 부족하게 마련이어서 그 후로도 몇 번 알바를 했다. 알바의 장점은 두 가지였다. 돈을 번다는 것, 돈 쓸 시간을 줄인다는 것. 카페 알바는 식당 서빙이나 불판 닦기보다 쉬웠고 깔끔했다. 종종 만나는 진상 고객만 아니라면 못할 일은 아니었다. 문제는 하기 싫다는 거였다. 모르는 사람에게 굽신거리는 것도 싫었고, 커피 두 잔 값도 안 되는 시급을 받으면서 화장실 청소를 하는 것도 싫었다. 마지못해 하는 일은 티가 났다. 채용되고 곧 잘리고, 또 채용되고 곧 잘리고 하는 식이었다.

아버지는 그런 연후를 철없는 놈이라고 타박했다. 본인은 그럼 아무거라도 했어야지 왜 고시폐인으로 엄마한테만 기대고 살았는지. 연후라고 할 말이 없지는 않았다. 글쎄, 싫은 건 싫은 거라구요. 대들었다가 영 안 볼 사이처럼 며칠씩 가출을 감행하기도 했다. 노량진으로 나오기 전까지는 그 가출이란 것도 그다지 열심이 아니었던 것이 기껏해야 친구 집이나 심야 만화방이나 홍대 클럽을 전전하는 수준이었다. 가출 자금은 몰래몰래 엄마에게서 타냈다. 그러고 보면 연후에게도 유능한 점이 있기는 하다. 연후가 '존나' 열심히 하는 게 있다면 엄마에게서 돈을 얻어내는 일이다.

이모티콘이 하나 날아온다. 곰인지 사자인지 알 수 없는 짐승이 만세를 부르며 빙글 돈다. OK 알파벳이 양쪽에 한 글자

씩 떠 있다. 뭘 이런 걸 보내고 그래, 간지럽게.

갈 만한 곳이 없다. 연후는 전철역으로 내려간다. 2호선과 3호선이 교차하는 환승역에는 지하 1층에도 앉을 수 있는 공간이 마련돼 있다. 약속한 사람을 기다리는 건지, 그저 앉아 있는 건지 모르겠는 중늙은이 몇이 보인다. 연후는 한쪽 귀퉁이에 앉아 카톡 목록을 쭉 훑는다. 한 달 전, 두 달 전까지 훑어보지만 불러낼 친구가 없다. 두 달 이내로 카톡을 주고받은 사람은 몇 되지 않는다. 민용과 저커와 엄마, 가족 단톡방, 나가지도 않는 스터디 단톡방, 그 외에는 죄다 스팸이다. 그래, 오랜만에 자습이라도 해보자. 가끔은 자습이라도 해야 공시생으로서의 정체성도 확인하고 그러는 거지. 연후는 분연히 떨치고 일어나 계단을 내려간다.

*

상가 건물은 여기가 강남이 맞나 의심스러울 만큼 형편없다. 지은 지 40년, 아니 39년 된 건물은 원래 이런 건가. 저녁 무렵의 상가 건물은 낮보다 더 스산하다. 징검다리처럼 한두 집 건너 한 집씩 불이 밝혀져 있고 드나드는 손님은, 순전히 기분 탓이겠지만, 이 빠진 불빛처럼 어딘가 한두 군데 모자란 사람 같다.

민용은 으르라 상회의 문을 열고 들어간다. '으'자와 '르'자에 점이 하나씩 빠진 흔적이 희미하게 남아 있다. 원래는 오로라 상회였을 가게는 진열장도 간판만큼 헐렁하다. 가게 주인이 심드렁한 눈길로 민용을 맞는다. 손님이야 오든가 말든가, 하는 자세로 벽에 매달린 티브이를 향해 다시 눈을 돌린다. 눈에 졸음이 가득하다. 화면에는 벗은 여자가, 아니, 여자 마네킹이 가득하고. 이 모든 것이 칠만구천구백 원. 판매 상품은 브라 팬티 세트. 뭘 이런 걸 보고 있을까. 조는 동안 제품이 바뀐 걸까. 아니면 야동 대신 이런 걸 틀어놓고 보는 걸까. 어딘가 빅토리아 시크릿 카탈로그가 하나쯤 있을 텐데 다음에 갖다줄까, 선물로. 이사하면 이웃에 떡도 돌리고 하는 거라는데 떡 대신 빅토리아 시크릿, 좋잖아,라고 또 얼핏 생각한다. 이 일련의 생각은 문을 열고 들어서서 문 바로 옆에 붙어 있는 계산대 앞에서 레종 요고요,라고 말하기 전까지 순식간에 이루어진다.

"없는데."

대답이 짧다.

"왜요?"

짧은 대답 때문에 생각과는 달리 말이 불퉁하게 나와버린다. 없다는데 왜요,는 무슨 왜요. 여기는 뭐든 날마다 사라지는 곳인데. 자고 나면 또 한 집이 나가고 가게 하나가 또 나가고 주차장의 차가 줄고, 뭐, 그런 곳일 텐데.

"그저께가 최후였지."

주인이 나른한 목소리로 말한다. 그런 게 인생이라는 듯, 무엇에나 최후가 있고 어떤 최후는 없는 게 좋겠지만 그렇다고 해서 최후가 최초보다 딱히 못한 건 아니라는 듯, 또는 최후를 겸허하게 받아들이는 게 이롭다는 듯, 일견 비장해 보이기도 하는 표정으로 천천히, 그렇게.

"최후……라고요?"

"최후지. 사실은 최후가 아니기도 하고."

여기는 뭐 이런가. 가게 주인까지 아리송하게 폼 잡는 게 동네 특성인가. 말을 섞지 말아야 하는 거 아닐까, 잠깐 갈등하면서 망설이는 사이 주인이 담배 두 개비를 꺼내 하나를 건네며 싱긋 웃는다.

"내 것밖에 없어. 것도 몇 갑 안 돼."

주인이 라이터로 불을 붙인다. 시키지도 않았는데 민용은 반사적으로 가게 문을 활짝 연다. 주인이 불붙은 라이터를 내밀고 민용은 또 반사적으로 고개를 내밀고 두 손을 감싸 불을 붙인다. 이 모든 것이 칠만구천구백 원. 쇼호스트가 배에 힘을 잔뜩 준 목소리로 떠든다.

"이사 왔나?"

이 아저씨가 왜 계속 반말일까요. 민용은 떨떠름하게 대답한다.

"어제……요."

그럴 줄 알았다는 듯 주인은 고개를 끄덕이며 연기를 뿜는
다. 민용은 상체를 바깥으로 내밀고 연기를 내뱉는다. 상가
주차장 건너편에서 늙었다기엔 조금 부족해 보이는 사내가
걸어오고 있다.

사내를 발견한 주인이 냉장고에서 호가든 500밀리 캔 세
개를 옆구리에 끼고 나와 겹쳐놓았던 플라스틱 의자 세 개를
풀어 나란히 늘어놓는다. 그새 다가온 사내가 의자에 앉으며
캔을 받아든다. 칙 소리를 내며 캔을 따 단숨에 서너 모금을
들이켠 사내는 눈을 가늘게 뜨고 주변을 한 바퀴 훑은 다음
하늘을 올려다본다. 민용은 주인이 건네준 캔을 받아쥐고 엉
거주춤 서 있다. 주인은 사내가 했던 대로 따라한다. 두 사람
은 동일한 각도로 하늘을 올려다보고 있다. 빈 의자를 사이에
두고. 민용은 우물쭈물하면서 거기 앉는다. 뭐지? 강매인가?

"입주 기념으로 쏘지."

주인의 말에 민용은 벌떡 일어날 뻔한다.

"제가……요?"

맥주를 들이켜던 주인이 사레가 들려 컥컥거린다.

"그러든가."

주인은 간신히 사레를 다스린 끝에 시뻘개진 얼굴로 대답

한다.

"애를 놀리고 그러나."

민용의 반응을 재미있다는 듯 보고 있던 사내가 낄낄댄다.

"내가 쏜다는 거였지, 형님. 아, 뭐 해? 마셔."

주인이 캔 모서리로 민용의 캔을 쿡 친다. 민용은 그제야 캔을 딴다. 그런데 애라니. 서른둘을.

"빰빰빰 빰빰빠밤 빰빰빰 빰빰!"

뜬금없이 사내가 소리를 지르는 바람에 민용은 깜짝 놀란다. 정신을 쏙 빼는 아저씨들이다. 언젠가 들어본 멜로디다. 사내는 손바닥으로 허벅지를 찰싹찰싹 내려치면서 발끝으로 박자를 맞춘다. 점점. 민용은 꼭 끼어 앉은 자세만큼이나 어색한 분위기에 언제 자리를 박차고 일어나야 할지 골몰한다. 맥주가 너무 많다. 500밀리가 이렇게 많은 양인지 몰랐다.

사내가 본격적으로 흥얼거리기 시작한다. 주인이 민용을 향해 맥주 캔을 들어올리고 히죽 웃는다.

"스모크 온 더 워터 파이어 인 더 스카이 은따다 뚜다다다 스모크 온 더……"

아, 딥퍼플. 이 정도는 나도 안다. 민용은 노래를 작은 소리로 따라 부른다. 사내가 민용을 향해 빙긋 웃는다.

"웬 잇 올 워즈 오버 위 햇 투 파인드…… 타임 워즈 러닝 아웃…… 위 웃 루즈 더 레이스……"

사내는 이제 노래라기보다 연설처럼 가사를 읊는다. 왼손에는 맥주를 들고 오른손을 쭉 뻗어 웅변가처럼 쳐든다. '오버'와 '파인드'에서 정확하게 윗니로 아래 입술을 물면서.

"위 디든 해브 머치 타임. 아니, 아니지. 위가 아니라 아이지. 자네 몇 살인가?"

"저요? 서른둘인데요."

"그래? 담배를 끊어. 이 친구는 글렀고. 여기 불이 나네. 스카이가 아니라."

사내는 자기 가슴을 탕탕 친다.

"형님, 위 맞아. 이 친구 빼고 위."

주인이 사내와 자신의 가슴을 한 번씩 친다.

"저기요……, 그 불이 담뱃불은 아니……"

민용의 말을 뚝 자르고 사내가 큰 소리로 말한다. 벌써 취한 건 아닐 텐데.

"이안 길런은 말이야. 딥퍼플의 보컬. 아나? 암튼 이 친구가 말이지. 아니지, 참. 45년생이니까 친구는 아니고. 암튼, 터지는 맛이 있거든. 펑! 활화산처럼. 그러고 불타오르지. 화륵!"

사내가 두 손을 번쩍 위로 쳐드는 바람에 맥주 방울이 민용의 얼굴에까지 튄다. 이안 길런? 보컬? 그렇구나. 그런데 이 노래가 샤우팅인가?

"가사를 그렇게 까먹었대. 그래서 고음 샤우팅으로 때우다가 리치 블랙모어랑 대판 했다는데? 리치 블랙모어. 기타리스트. 딥퍼플 리더 말야."

리치, 뭐? 커피 이름 같다는 생각을 하며 민용은 고개를 끄덕인다.

"늙어서도 잘 부르더라구."

민용은 또 끄덕인다.

"자네 꿈이 뭔가?"

여기서 갑자기 꿈이 왜 나오나 싶지만 '자네 하는 일은 뭔가' 보다 127배는 나은 질문이다.

"그런 거 없게 된 지 오래돼서요……."

민용이 손바닥으로 머리칼을 이마 위로 끌어내린다. 머리 때문에 너무 만만하게 보이는 건가. 가위값 뽑으려면 몇 번을 더 잘라야 하나. 민용은 잠깐 암산을 해본다. 동네 미용실만 가본 주제에 홍대 가격으로. 그런데 홍대는 커트가 얼마나 할까. 사내가 딱하다는 듯 혀를 두어 번 차고 다시 묻는다.

"커서 뭐 하고 싶냐고."

이거 단단히 말렸군, 싶지만 양쪽에 딱 붙어 앉은 나이 든 사내들을 젖히고 일어설 단호함은 민용에게 없다.

"다 컸는데요……."

주인이 삼키던 맥주를 뿜고 캑캑거린다.

"야야, 너는 기관지가 문제야. 아까운 술을."

사내가 민용의 등 뒤로 팔을 뻗어 주인의 등을 두덕인다.

"어릴 때 장래희망은⋯⋯."

두 사내가 기대에 찬 표정으로 민용을 주목한다.

"넌 자였어요."

가까스로 진정이 됐던 주인이 다시 컥컥거린다.

*

다이아몬드 온천의 하루가 밝는다. 자연광이 들지 않는 수면실에서는 주변의 움직임으로 하루의 시작을 알 수 있다. 직원들이 교체되면서 공기가 확 달라진다. 지친 몸짓의 직원들이 빠지고 아침 출근조가 생생한 바깥공기를 묻혀 들어온다. 새벽녘 입장한 취객들은 주독이 덜 빠져서인지 방금 씻어서인지 상기된 얼굴로, 그러나 어딘가 청신한 표정이 되어 퇴장하고, 찜질방은 하루 중 인구밀도가 가장 낮아지면서 기지개를 켠다. 바야흐로 새날이 시작되는 시각.

이안은 8시가 되기 전 찜질방을 나선다. 더 미적거리면 할증료가 붙는다. 택시 할증료보다 더 아깝다. 이상한 셈법이다. 더 이상한 것은 입장료가 7시를 기준으로 이천 원 차이가 나는데 그걸 아끼려고 일찍 입장하지는 않는다는 것이다. 이안은 집을 나와서까지 또박또박 시간을 맞추는 짓은 좀팽이 노릇이라고 정해두었다. 짜인 시간표대로 움직이는 일은 평생 해온 걸로 충분하다. 아무 때나 먹고, 자고, 일어나는 찜질방의 생활이 썩 마음에 든다.

고속도로를 따라 조성된 산책로로 접어든다. 이안은 배낭을 맨 등산복 차림에 생수병을 들고 있다. 텀블러가 아니라 일회용 플라스틱인 이 병은 산 지 일주일도 넘은 것으로 다이아몬드 온천을 나설 때 정수기에서 받은 물이 들어 있다. 배낭에는 여벌의 속옷과 티셔츠, 일회용 면도기, 양말 한 켤레, 휴대전화 충전기가 들어 있고.

느린 걸음이다. 고속도로의 방음벽과 아파트 단지 사이에 조성된 산책로에는 오가는 사람들이 심심찮게 눈에 띈다. 아침 시간이어서가 아니라 시간대별로 연령대나 행색이 달라질 뿐 산책객은 꾸준하다. 그중 몇은 이안과 여러 번 마주쳤는데 누구도 인사를 하지 않았다. 이안도 마찬가지였고. 그건 이 동네 사람들의 특징 중 하나다. 이런 식으로 안면을 트지는 않는다. 지역주민이라는 공통점 외에 확실한 연결 고리가 있어야만 실존으로 마주한다. 학부모 모임이나 스포츠센터의 회원, 같은 교회 신자 같은 연결 고리. 이 동네에 사는 동안 얼굴을 익힌 사람이라고는 비디오 대여점 주인밖에 없었다. 지금은 오로라 상회의 주인이 된 남자. 아내와는 극명한 대조랄까. 아내는 자신이 사교성이 좋다기보다 이 동네에 살면서 아이를 키우면 저절로 그렇게 된다고, 그러지 않으면 아이도 왕따, 엄마도 왕따가 된다고 말한 적이 있는데 그로서는 어디까지가 진실인지 알기 어려웠다. 왜냐하면…… 알 수 없었기 때문이다. 동네에서 무슨 일이 일어나고 있는지, 아내에게, 아이에게 무슨 일이 있는지 그는 늘 모르고 있었다.

앞쪽 멀리에서 골든 리트리버가 온다. 몸집이 작은 여자가 개에게 질질 끌려온다. 입마개를 하라고 했던가, 그런 법이 제정된다고 했던가, 됐다고 했던가. 이안은 큰 개가 무섭다. 개에게 특별히 당한 일도 없는데 개는 도무지 쉬워지지 않는다. 주먹만 한 개도 캉캉 짖으면 움찔할 정도로 개라면 정이 붙지 않는다. 입마개를 하지 않은 개가 점점 가까워진다. 이안은 침을 꿀꺽 삼킨다. 산책로는 좁고 목줄은 산책로 너비보다 길다. 이안은 언덕으로 한 발 내려서서 운동화 끈을 고쳐 매는 시늉을 한다. 어라, 저놈이 갑자기 속도를 늦춘다. 풀포기에 코를 박고 쿵쿵거리기도 하고 나무 밑동에 대고 다리 한 짝을 들어올리기도 하면서 한껏 여유를 부린다. 어정쩡한 자세로 버티기에는 경사가 가팔라서 다리가 점점 뻣뻣해진다. 빨리 좀 지나가라, 빨리. 운동화 끈을 세 번쯤 고쳐 맬 수 있는 시간이 지났건만 개는 아직 저쪽에 있다. 한쪽 다리에 쥐가 날 것 같아 자세를 바꾸려는 순간 아래쪽 발이 쭉 미끄러지면서 엉덩방아를 찧는다. 그 동작이 신호라도 되는 듯 개가 윙,

짖으며 덮치다시피 다가든다. 이안은 엉덩방아를 찧은 자세 그대로 주춤주춤 아래로 내려가고 여자는 목소리만 교양 있게 말한다. 우리 애는 안 물어요.

아내가 데려온 개는 갈색 푸들이었다. 토이 푸들이라고 하더니 웬걸, 개는 나날이 자라서 금방 튼실하고 묵직한 덩치가 되었다. 게다가 오자마자 이안의 서열을 추월했다. 가족들을 대하는 개의 태도를 보면 서열은 분명하게 드러났다. 그때까지 이안은 그 서열이란 것에 대해 심각한 오해를 하고 있었다. 1위가 자신이라고 생각해왔던 무모함에 대해서는 그렇다고 쳐도 개에게까지 밀릴 줄은 몰랐다. 나머지 구성원들의 서열은 변동이 없었다. 아내, 딸, 아들의 순.

"담배 냄새 때문일지도 몰라."

개는 이안만 보면 짖거나 이를 드러냈고 아내는 그렇게 분석했다. 아내는 정말 그렇게 생각했을까. 아내는 그 전에도 만만한 핑계로 담배 냄새를 언급했다. 침구를 새로 사들이면서도 담배 냄새가 빠지지 않아서라고 했고 소파를 바꿀 때도 그랬다. 도대체 가죽 소파에 담배 냄새가 배기는 하는 걸까. 커튼을 바꿀 때도, 벽지를 새로 바를 때도 그랬다.

도배를 할 때는 더운 날씨였다. 아내는 도배지가 찢어진다고 창문을 꼭꼭 닫아두었다. 습기와 풀냄새 때문에 괴로워하면서도 절대 포기하지 않았다. 머리가 지끈거리고 목이 컬컬해진 건 이안뿐만이 아니었으므로 두 사람은 결국 이틀 동안 다이아몬드 온천에 머물렀다. 아이들은 2박 3일의 수학여행을 가고 없었다.

이안은 내심 아내와 오붓한 시간을 가질 수도 있지 않을까 기대도 했지만 아내는 전혀 그럴 마음이 없어 보였다. 있었다면 찜질방이 아니라 호텔로 갔을 것이다. 아내에게 이안이 남자가 아니었듯 이안에게도 아내가 여자는 아니었다. 가족이었고, 가족이니까, 가족이라서…… 그걸로 충분하지 않나, 생각했다. 하지만 이런 생각은 지금에 와서야 가끔 드는 것이고 그 무렵에는 이런저런 생각조차 없었다. 집 밖의 생활이 너무 바빴고 매일 출근하는 것만으로도 힘에 부칠 때였다. 집안일은 모조리 아내에게 미뤄두고 지낼 수밖에 없었다. 누군가는 소소한 집안일을 챙기고 아이들을 돌봐야 했으므로, 그 누군가가 이안이 아니라 아내여야 함은 당연했다. 돈을 벌어다주는 걸로 이안은 자신의 역할을 충분히 수행하고 있다고 자부했으니까. 진심으로 그렇게.

이안은 남탕인 3층에서 씻은 후 남녀 공동구역인 4층으로 가 아내를 기다렸다. 어차피 그곳에서의 시간은 굳이 셈할 필요가 없었으므로 시간 약속을 따로 하지는 않았다. 그저 먹고 자고 씻고 멍하니 티브이를 보다 불가마에 한 번 들어갔다 나오거나, 그래도 찌뿌둥함이 풀리지 않으면 마사지를 한 번 받거나 하면 되는 곳이었다. 그런 식으로 흘러가는 시간은 처음이었다. 놀라웠다. 아무도 급해 보이지 않았다. 똑같은 옷을 입고 잘도 돌아다녔고 잘도 누워 잤다. 아무 데나 드러누우면 거기가 곧 자기 자리가 되는 질서라니. 싸구려 비닐로 감싼 벽돌 같은 베개를 하나 차지하고 척 누우면 되는 곳. 세상에 이런 곳이 있다니!

한 층 올라왔을 뿐인데 차원이 다른 우주로 넘어온 것 같았다. 남녀 공동구역인 그곳은 남녀가 함께 머무는 공간이 아니라 남녀라는 성 자체가 존재하지 않는 공간이었다. 찜질복은 옷이라기에는 뭔가 무색한, 혹은 뭔가 완벽한 물건이었다. 성의 제거를 넘어서 개성이나 지위 혹은 나이를 포함한, 개인을 특정 지을 수 있는 모든 요소를 무화시키는 마법의 망토 같은. 그걸 걸친 사람이라면 누구든 근원을 알 수 없는 생명체에 불과했다. 이안은 피라미드 모양의 불가마 맞은편 벽에 비스듬히 기대 앉아 눈을 끔벅거리며 그 생명체들의 흐느적이는 종아리와 목덜미, 불룩 나온 배, 처진 가슴, 분홍빛 발바닥들을 넋 놓고 바라보다 스르르 잠이 들고 말았다.

엄청난 소리가 계속 들렸다. 배달 오토바이가 난폭하게 따라오는 꿈을 꾸었던가. 오토바이가 점점 가까워지다 굉음이 자신을 훅 덮치는 순간 비명을 지르며 깨어난 이안은 순간적으로 어리둥절했다. 여기가 어딘가. 몸을 반쯤 일으킨 그는 한 번 더 비명을 삼키며 엉덩이를 들고 허리를 비틀었다. 왼쪽에 누군가 개체 간의 안전거리를 무시한 채 자고 있었다. 분홍색 덩어리. 그러고 보면 성이 제거된 공간이라는 처음의 인상은 신뢰할 수 없는 선입견에 불과했다. 본능적으로 거리를 유지하려 한 자신의 재빠른 동작을 보면 말이다.

아무리 공동구역이라지만 어떻게 생판 모르는 회색 덩어리 옆에 바짝 붙어서 잘 수 있나. 코까지 골아가며. 그런데 가만, 이 분홍색 덩어리는 어딘가 낯익은 구석이 있다. 손목의 붉은 반점과 동그란 어깨, 그리고 통통한 손가락에 파묻힌 저 반지는 분명 익숙하다. 이안은 한편 실망스럽기도, 한편 안심이 되기도 해서 헛웃음이 나왔다. 이 여자가 결혼반지를 아직도 끼고 다니는구나. 반지는 낡지도 않는구나. 징그럽게도.

아파트 단지의 메타세쿼이아가 건물의 연식을 말해주며 10층 높이까지 치솟아 있는 반면, 후에 조성된 산책로의 나무는 아직 야리야리하다. 나쁘지 않다. 그게 무엇이든 어린 생명은 마음을 순하게 만들어주니까. 길은 흙과 우레탄이 번갈아 깔려 있고 가장자리에는 꽃들도 피어 있다. 이 길을 따라가면 남부순환도로가 나오고 그 길을 건너면 우면산이다. 산책 코스는 우면산 꼭대기 소망탑을 거친다. 자잘한 돌들로 이루어진 소망탑을 보노라면 사람들이 욕심도 많다는 생각이 저절로 든다. 이안은 거기에 손톱만 한 돌멩이 하나도 보태지 않았다. 그런 미신에 기댈 만큼 간절한 소망도 없거니와 이안에게 그것은 그저 관청에서 조성한 조형물에 불과하기 때문이다. 소망탑 옆의 벤치에 무심히 앉아 있다가 바닥에 고정해둔 타이어에 누워 굳은 척추를 펴고 예술의 전당 쪽으로 내려오면 하루 일과가 끝난다. 그래봤자 아직 오전이다. 시간은 정말이지 우라지게 천천히 간다.

*

중학교 때까지 장래희망은 닌자였다. 그 후로는 장래희망이랄 게 없었다. 그런 건 수염이 나기 시작하면 비에 젖은 딱지만도 못한 거지. 젖었다 마른 딱지는 광택을 잃은 종이쪼가리에 불과하고.

민용은 며칠 동안 아파트에 틀어박혀 있다. 외출이라곤 으르라 상회에 가서 담배를 사오는 것이 고작이다. 담배만 사고 돌아오지는 않지만 말이다. 오후의 으르라 상회에는 이안이 출몰한다. 더 느릴 수 없을 속도로 걸어오는 이안을 발견하면 주인은 파블로프의 개처럼 맥주 세 캔을 꺼낸다. 민용은 처음 우연히 두 사람과 맥주를 마시게 된 후 오후가 되면 으르라 상회로 간다. 가고 싶어진다. 기묘한 일이다. 그들과 별난 얘기를 나누는 것도 아니고 민용이 원래 매일 술을 달고 사는 인간

70

도 아닌데 오후가 되면 자, 슬슬 나가볼까, 하게 되는 것이.

첫날 민용은 결국 맥주 다섯 캔을 마시고 일어섰다. 그만큼 마시는 데 딱 다섯 시간이 걸렸고 으르라 상회의 문을 닫으면서 술자리가 파했다.

"자네 칼 있나?"

장래희망이 닌자였다고 말하자 이안은 진지하게 물었다. 민용은 칼 같은 게 있을 리 없으면서도 바지 주머니를 더듬었다.

"닌자라며?"

민용이 네? 아, 네, 하며 주머니를 더듬던 손으로 머리칼을 문질렀다. 희망이었다고요. 된 건 아니라고요. 몹시 억울해진 민용은 속으로 툴툴댔다. 주인이 키들거렸다.

"그래, 누구를 해치울 셈인가?"

이안이 정색을 하고 다시 물었다. 해치우다니. 누구를 해치우고 싶은 적은 없었다. 자신 말고는. 민용은 잠깐 상상했다. 닌자의 칼로, 닌자의 칼은 상당히 긴데, 내 목을 섬뻑 벨 수가 있나, 각이 나오나, 표창이라면, 내가 나를 향해 던질 수 있나, 따위. 그러고 보니 닌자가 된다면 우선 목표가 있어야겠구나, 그게 없으면 닌자임을 무엇으로 증명할 수 있나, 닌자로서의 자격이 있나, 같은 의문을 품으며.

"그, 그건 아직……"

민용은 마치 여전히 닌자가 장래희망이나 되는 양, 혹은 본

색을 감춘 닌자인 양 대답했다.

"잘됐군."

이안이 고개를 끄덕이더니 주인에게 맥주를 더 꺼내오라고 손짓했다. 주인이 뻐드렁니를 다 드러내며 웃었다. 새로 가져다준 캔을 딴 다음 이안이 낮은 소리로 말했다.

"좌표를 주지."

"형님도 있어요?"

주인이 끼어들었다.

"저기, 양재역에 가면 말야, 새벽 6시에 말이지."

새벽 6시. 민용의 시계에는 없는 시각이다. 제대 이후 존재가 소멸된 시각.

"넥타이 맨 놈이 보일 거야. 비슷한 놈들이 많지만 아마 첫눈에 알아볼 수 있을 걸."

이 아저씨가 점점. 민용은 주인을 슬쩍 봤다. 주인은 어느새 무심한 얼굴이 되어 캔의 구멍을 골똘히 들여다보고 있었다.

"회사 버스를 기다리고 있을 거야. 그 버스 기다리는 사람이 여럿일 텐데, 뭐 착각해서 다른 놈을 해치워도 별 상관은 없겠지만."

"그게 누군데요?"

민용이 이거 진지하게 듣는 건 좀 웃기는 거지, 싶으면서도 물었다. 어차피 술 마시면서 하는 소리는 다 하나 마나, 들으

나 마나 한 소리라는 암묵적 합의는 대한민국 남자들 공통의
이데올로기임을 명심하면서.

"음, 숱이 제법 있어."

이안이 넓은 이마를 손으로 문지르며 눈을 치떴다. 그렇게
하면 머리칼이 보이기라도 할 것처럼.

"배는 좀 나왔지만."

숱이 있고 배가 나왔다? 그걸로 어떻게 가려내나. 그 반대
를 가려내는 게 쉽지. 민용은 이거, 완전히 말리고 있는 건가,
살짝 당황했다.

"맨입에요?"

갑자기 주인이 끼어들었다. 안 듣는 척하면서 다 듣는 게
주인의 특징이었다.

"닌자가 뭔가. 닌자는 누구라도 해치워야 닌자지. 그게 존
재 이유라고. 내가 그걸 지금 부여하고 있는 거야."

아, 이 아저씨의 주사는 이런 것인가. 민용은 재미있기도
하고 한심하기도 했지만 더 한심한 인간은 이런 이야기에 귀
를 쫑긋해가며 듣고 있는 자신임을 부정할 수 없었다.

"실력은 믿을 만한가?"

이안은 진지에 극한 눈빛으로 민용을 지그시 바라봤다.

민용은 닌자의 꿈을 버리기 전까지 나름대로 훈련을 했다.
골법이라 불리는 닌자 무술은 어릴 때 파란 띠까지 딴 태권도

로 대체하기로 했고, 땅파기는 손톱 밑에 흙 끼이는 게 질색이니 됐고, 닌자의 수영은 잠영이므로 대충 물속에서 좀 버티면 되는 거고, 궁술은 활이 없으니 새총으로 대체, 기마술로 말하자면 말 대신 동네 백구를 한번 올라타보려다 호되게 당한 적이 있었다. 마지막으로 남은 게 나무타기였다. 그것만큼은 제대로 해보고 싶었던 민용은 날마다 나무에 올랐다. 그냥 오르는 정도라면 못하는 아이가 없었기 때문에 닌자로서의 위엄을 갖추기 위해서는 보다 차별화된 기술이 필요했다.

민용은 자리에서 벌떡 일어났다.

"벌써 가려고?"

주인의 물음에는 심드렁함과 아쉬움이 섞여 있었다.

해가 지고 있었지만 어둡지는 않았다. 집집마다 불이 밝혀져 있었고 가게 앞은 간판과 가로등의 빛으로 훤했다. 민용은 주변을 두리번거리다 주차장 한편에 서 있는 메타세쿼이아로 다가갔다. 주인과 이안이 어리둥절한 표정이 됐다. 인사도 없이 가다니, 이런 표정.

민용은 탓탓탓 달렸다. 가속도를 이용해서 나무를 착, 착, 양발로 한 번씩 디딘 다음 공중제비를 돌기 위해 착, 하고 마지막으로 힘주어 차려는 순간, 허공을 디디면서 벌렁 넘어졌다. 민용은 대자로 뻗어 눈을 질끈 감았다 떴다. 침처럼 뾰족한 잎 사이로 날선 불빛이 눈을 찔렀다. 하늘은 잔잔했다. 그건 마치 못 본 척해줄게, 해놓고 몰래 웃는 얼굴 같았다. 그리고 이마를 간질이는 초여름의 바람 줄기. 느닷없이 눈물이 찔끔 나오는 바람에 민용은 땀을 닦는 척, 팔뚝으로 눈과 이마를 문질렀다. 두 사람이 낄낄거리는 소리가 들려왔다. 민용은 엉덩이를 털면서 자리로 돌아왔다. 팔꿈치가 까져서 금세 피가 맺혔다. 민용은 두 사람이 보지 못하도록 팔꿈치를 옆구리에 찰싹 붙였다.

"전에는 잘했어요."

풀죽은 목소리로 민용이 말하자 이안이 의자 위에 놓인 캔을 들어 건넸다.

"괜찮아. 별로 어렵지는 않을 테니까."

아, 포기한 게 아니구나. 민용은 반갑고, 고맙고, 황당하기도 해서 아무 말도 못하고 맥주를 꿀꺽 들이켰다. 이 아저씨, 보기보다 끈질기네.

"좀비 같은 놈이거든. 잠도 덜 깬 몸으로 정류장까지 휘청휘청 걸어가서는 버스 타자마자 또 자는 놈이지. 왜 사는지 모르는 놈이야."

"좀비는 좀 너무한 거 아니요, 형님?"

주인이 한마디 거들었다. 민용은 좀비라는 말에 뜨끔했다. 자신이야말로 좀비처럼 산 게 언제부터인지 몰랐다. 그런데, 그 새벽에 출근하는 사람을 좀비라고 하면 너무 억울하지 않

나. 어쨌거나 생산 활동을 하고 있는 사람인데. 인생이 생산은 잠시, 소비는 한평생인 걸 감안하면 이안은 저래 보여도 사실은 박하거나 엄격하거나 뭐 그런 사람 아닐까, 하는 생각이 잠깐 스쳤다.

"자연사박물관 가봤나?"

이안이 누구에게랄 것 없이 물었다.

"거기 가면 말야……"

"어디 있는 거? 뉴욕? 런던? 한두 군데라야 말이지."

주인이 딴지를 걸었다. 주인은 그랬다. 주일학교 어린이처럼 다소곳하게 경청하다가도 불쑥 엉뚱한 소리를 해서 훼방을 놓았다. 말이 끊긴 이안이 주인을 향해 미간을 살짝 찌푸리곤 민용에게 물었다.

"진자가 있거든. 본 적 있나?"

"자연사박물관은 가본 적 없지만 진자라면 본 적이 있……"

"그 진자 같은 놈이지."

"네? 누가요?"

"그놈이지, 누군 누구야."

"네? 아, 네…… 그…… 놈…….."

"닌자가 표적을 잊으면 안 되지. 어차피 그놈이 그놈이긴 하지만 말이야. 헷갈리는 건 몰라도 잊는 건 안 되지. 안 된다고."

잊는 건 몰라도 헷갈리는 건 큰일이라고 민용은 수정해주고 싶었지만 이안의 표정이 너무 진지해서 참았다.

"그놈이 말야. 평형점이 어딘지 모른단 말이지. 집, 회사, 회사, 집. 이렇게 매일 왔다 갔다 하는데 말야. 그럼 봐봐. 진폭이란 게 뻔하잖나. 근데 평형점이 어디냐고. 생각해보니 말야. 그게 기껏 버스 정류장이었다, 이거야."

민용은 천천히 고개를 끄덕였다.

"그놈은 그것도 모른다구. 모르면서 그저 왔다리 갔다리 하는 거지. 부석부석한 얼굴로 가끔 술집에나 가는 게 대단한 일탈인 줄 알고. 단진자의 주기는 말이지, 진자의 질량이나 진폭에 상관없이 일정하거든. 그러니까 술집을 가도 어떻다? 반드시 집에 들어와서 다음날 새벽이면 어김없이 회사 버스를 타러 양재역으로 간다 이 말씀이야."

민용은 알 듯 모를 듯한 얼굴로 이안을 바라보다가, 물리학과 나오셨냐고 물어봐야 하는 건가, 혹시 그런 걸 티내고 싶어서 진자니 뭐니 끌어대는 건가, 잠깐 갈등했고 주인은 익숙하다는 듯 막 불이 켜진 남의 집 창문을 물끄러미 보고 있었다.

"그런데 그거 아나? 진폭이 작을 때만 그렇지, 진폭이 커지면 이야기가 달라진다구. 진폭이 문제인 거지. 알아듣겠나?"

이안이 눈을 치켜뜨며 물었다. 넓은 이마에 가로로 대여섯 개의 주름이 깊이 잡혔다. 민용은 이 아저씨가 진작 공무원 학원에 갔더라면 일타강사가 되지 않았을까, 감탄했다. 그러니까 취직을 하면 평생 집과 직장을 왔다 갔다 하는 거고, 자신은 집과 으르라 상회를 왔다 갔다 하는 거고, 그 진폭이란 걸 말하자면, 집과 직장도 진폭이 작다는 건데, 자신의 진폭이란 게 아파트 단지를 벗어나지 못하는 상황이니, 참말이지 이안의 설명이 머리에 쏙쏙 들어오는 거였다. 민용은 맥주를 벌컥 들이켜고 물었다.

"몇 번 출구요?"

이안이 민용을 뚫어져라 쳐다보다 발작하듯 웃었다. 벌쭘해진 민용이 쿡 웃었다가 눈치를 살피며 따라 웃었다. 무안해서 시작한 웃음은 곧 작은 파도가 해일이 되듯 민용의 몸 전체를 삼켰다. 갑자기 웃음을 뚝 그친 이안이 주인이 그러듯 맞은편 동의 창문으로 눈길을 준 채 한동안 침묵을 지킨 끝에 맥없이 말했다.

"10년 전으로 가야 찾을 수 있을 거야."

이안의 눈은 허공에 초점을 맺으려 애쓰고 있었다. 어둠이 깔리기 시작해 날벌레들이 공처럼 뭉쳐서 떠도는 허공에.

"그래도 칼은 일단 갈아둬봐."

이안이 빠각, 소리가 나도록 빈 캔을 움켜쥐었다.

민용은 1초 간격으로 주먹을 쥐었다 풀었다를 반복하면서 거실 바닥에 누워 있다. 천장의 얼룩에 시선을 고정하고 시간을 잰다. 10분쯤 지났을까, 하고 확인해보면 6분 정도 지나 있고 15분쯤 지났을까, 하고 보면 9분 정도 지나 있다. 동향인 아파트의 하루는 서둘러 시작된다. 민용은 긴 오전을 도무지 주체할 수가 없다. 무릇 백수의 오전이란 잠으로 건너야할 강인데 그 잠이란 배를 커튼도 없는 동향 아파트의 조도가 자꾸 붙든다. 아무것도 안 한 것은 아니다. 시간을 확인하고 다시 천장을 노려보고 천장을 노려보다 다시 시간을 확인하고 그랬으니까. 거기다 혈액순환을 위한 주먹 운동까지. 그러면서 한 가지 고민을 하고 있다. 오늘은 실업인정일이고 반드시 고용센터에 가야 한다. 민용의 고민은, 오늘 안 가면 안 되나, 하는 것이다. 오늘은 노량진에 살 때 가던 관악고용복지센터가 아니라 서초고용센터로 가야 한다. 관악도 만만치 않았는데 서초는 또 어떨까. 미룰 수만 있다면 미루고 싶다.

처음 실업인정 신청을 하고 교육을 받으러 갔을 때 민용은 교육장을 꽉 메운 사람들 때문에 멀미가 났다. 강당에 빈자리가 없었다. 실업자가 이렇게 많을 줄이야. 이러니 내가 취업이 안 되는 거지. 나만 그런 생각이 드는 건 아닐 거라고 위안하며 민용은 안도라고 하기엔 어딘가 쓸쓸한 심사가 되어 간신히 구석 자리를 차지했다. 엉덩이를 반만 걸치고 앉아 강당을 가득 메운 사람들의 면면을 훑어보다가 몇 번이나 다른 사람과 눈이 마주쳤다. 그럴 때마다 누구랄 것 없이 민망한 표정으로 눈을 돌렸다. 그들도 자신도 좀비 같다는 생각이 들었다. 아무에게도 눈길을 주지 않으려고 엉덩이를 밀어넣고 등받이에 기댔다.

실업인정이란 실업상태를 증명하는 것이 아니라 취업 노력을 증명하는 절차다. 어딘가에 지원을 했거나, 지원했다 떨어진(떨어지니까 실업이다!) 사실을 서류로 증빙해야 하는 절차. 그러려면 구직 사이트를 뒤져야 하고, 지원 서류를 보낸 메일을 캡처하거나 출력해서 제출해야 하는데 그게 못할 노릇이었다. 초반에는 실업급여 받으면서 좀 놀아야겠다고 마음먹고 '저 높은 곳'에 지원하고 떨어졌다. 한 달 두 달 지나가고 실업 상태가 길어지면서는 점차 만만한 곳에 지원했건만 그때마다 깔끔하게 떨어졌다. 사태는 단순하게 흘러갔다. 점점 더 낮은 곳에, 점점 더 깔끔하게. 어느새 실업급여 수급 기간이 얼마 남지 않게 됐고 민용의 조급함은 그에 반비례해 왔다. 일이 잘 풀릴 가능성은 통장 잔고에 연동되어 아래로, 아래로, 하강만 하고 있는 중이다.

민용은 천장의 얼룩에 고정된 초점을 거두어 허공 여기저기로 옮긴다. 눈길이 닿는 곳마다 가느다란 고양이 털이 떠다닌다. 하나, 둘, 셋, 바람도 없는 거실에 떠다니는 털을 세다 천천히 내려앉는 털 하나를 쫓던 끝에 바닥을 본다. 내려다

볼 때는 눈에 띄지 않던 먼지와 털이 그 각도로 보니 어마어마하다.

손바닥으로 거실 바닥을 쓸어본다. 한 번 반원을 그리자 손바닥에 먼지와 털이 수북이 묻는다. 날갯짓을 하듯 양팔로 반원을 그리다 몸을 바닥에 밀착한 채 거실을 돌아다닌다. 민용의 몸은 거대한 걸레가 되어 바닥을 닦는다. 머리에, 등에, 팔에, 엉덩이에 먼지와 털이 자석에 붙는 철가루처럼 밀당 없이 순순히 들러붙는다. 몸을 뒤집어 굼벵이처럼 긴다. 먼지와 털이 턱과 배와 무릎과 가슴에 들러붙는다. 이번에는 만세를 부른 자세로 끝에서 끝까지 굴러본다. 고시텔이라면 절대 할 수 없는 동작이다. 넓다고 하기에는 부족할 수 있지만 너덧 바퀴를 굴러도 벽에 처박히지 않는 거실이라니! 몇 바퀴나 구를 수 있을까, 하고 민용은 직선거리로 가장 긴 쪽 모서리에 몸을 밀착시킨 다음 쫀쫀하게 굴러본다. 한 바퀴, 두 바퀴, 세 바……퀴째에 유로와 눈이 딱 마주친다. 유로가 냥, 하고 한 번 운다. 그래, 유로! 민용은 손을 뻗어 녀석을 번쩍 들어올린다. 이제 이 녀석을 먹여 살려야지. 나는 라면을 먹더라도 얘는 사료를 먹여야지. 간식도 먹이고, 모래도 사고. 남부럽지 않은 캣 타워도 사주고 말 테다.

민용은 조금 전까지 했던 고민이 고양이 털만도 못한 걸로 여겨져 벌떡 일어난다.

"가자! 가야 실업급여를 받지! 그러려면 또 구직활동을 열심히 해야 하고. 그리고 진짜 취직을 하는 거야. 너는 내가 책임진다!"

민용은 유로를 머리 위로 들어 올린 채 빙글빙글 돌다가 비칠비칠 주저앉는다. 눈앞이 캄캄하다. 너무 오래 누워 있었다.

*

일이 손에 잡히지 않는다. 새로 들어온 손님에게 공도 제때 가져다주지 못했고 당구비 계산도 엉터리로 해서 카드를 다시 긁어야 했다. 커피라도 한 잔 마셔볼까 했다가 커피를 쓰레기통에 붓고 빈 봉지를 컵에 집어넣은 채 물을 받던 중 퍼뜩 정신을 차리기도 했다. 3번 당구대의 남자 때문이다. 저커는 분명히 기억하고 있다. 저커가 갓 D가 되었을 때 RD였던 놈이다. 못 알아보는 걸까? 그럴 리가.

D는 디스트리뷰터의 약자, RD는 레드 디스트리뷰터의 약자였다. 그곳에서는 말도 되지 않는 알파벳 이니셜을 남용했다. 그러면 세련된 벤처기업으로 보인다는 듯. 심지어 '상황파악'을 '상파'로 줄여 SP라고 부르기까지 했다. RD였던 놈은 저커를 포함한 D들을 관리(라고 했으나 실제로는 감시)하던 사람이었다. RD와 D 사이에는 세 계단의 직급이 더 있었다. 말

이 직급이지 다를 것도 없었다. 직급으로는 언제 들어왔느냐 정도를 가늠할 수 있을 뿐. 가슴에 배지를 단 RD들은 이제 막 포섭된 D들과 동고했다. 동고동락이 아니라 동고만. 거기는 즐거움이란 존재하지 않는 곳이었으니까.

못 알아볼 리가 있나. 중학교 동창인 준이 녀석이 터미널에 마중 나올 때부터 옆에 붙었던 놈인데.

"정말 미안하게 됐다. 전화로 얘기했던 그 회사는 벌써 사람을 뽑았대. 정말 딱이었는데."

준이는 너무 미안해서 콱 죽어버리고 싶다는 표정을 지으며 말했다. 뭐가 딱이라는 건지 알 수 없었지만 저커는 고마운 마음으로 고개를 끄덕였다. 녀석은 멀끔한 정장 차림이었다. 놈도 물론이었고. 더워 죽겠는데 검정색 양복이라니. 요즘은 자유롭게 입고 다니는 곳이 더 많지 않나? 아니, 내가 회사원 생활을 어떻게 알겠어? 주변에 회사원이라곤 아무도 없는데. 저커는 이런 생각을 하면서 준이의 말에 귀를 기울였다.

준이는 중학교 때 잠깐 어울렸던 친구였다. 아주 가까운 사이는 아니었지만 좁은 동네였던지라 다들 그럭저럭 친하게 지내는 분위기였다. 누구든 잠시 어울리면 친구가 되던 시절이기도 했던데다, 고등학교처럼 경쟁이 본격화되지 않아서 그랬을 것이다. 하기야 시골 동네의 경쟁이란 게 도시처럼 치열하지는 않아서 고등학교 친구들과도 나쁘지 않았지만. 그래봤자 읍내 피시방에서 게임을 하거나 하릴없이 좁은 읍내 바닥을 몰려다니는 정도, 여름이면 야트막한 계곡에 몰려가 개헤엄이나 같이 치고 덜덜 떨면서 컵라면을 나눠 먹는 정도였다. 그만하면 친했지, 하는 마음으로 준이의 연락에 반갑게 응대했던 것인데 따지고 보니 중학교 졸업 이후로는 처음 만난 거였다.

"어, 그래…… 할 수 없지 뭐. 아무튼 고맙다."

어쩐지 휴학생한테 취직이라니 꺼림칙하긴 했다. 알바도 아니고.

"그래서 말인데. 서울까지 오라고 해놓고 그냥 보낼 수도 없고 해서 말이야."

준이의 말투는 벌써 서울말이 다 되어 있었다.

"다른 자리를 구해놨어. 여기 이 선배님이 사정 얘기를 듣더니 특별히 주선을 해주셔서."

이런 기회가 잘 없다고, 너는 억세게 운이 좋다고 준이는 끝없이 주절댔다. 준이가 이렇게 말이 많은 녀석이던가. 저커는 좀 놀라웠으나 5년이면 자신도 얼마쯤 달라져 있겠거니 해서 넘어갔다.

그 선배놈이 바로 지금 3번 당구대에서 맛세이를 찍고 있다. 저커는 저걸 어쩔까, 한 대 패줄까, 고민 중이고. 결과를 말하자면 거기는 피라미드 업체였고 저커는 두 달을 견디다

제 발로 나왔다. 험악한 풍문처럼 감금하거나 폭력을 행하지는 않았으나 그때를 떠올리면 지금도 이가 앙다물어진다.

기상시각은 6시였다. 일찍 일어나는 새가 벌레를 잡는다는 유의 격언과 억지논리로 점철된 교육이 매일 이어졌다. 교육은 회사 교육장에서 이루어졌으나 합숙을 했기 때문에 휴식시간이 따로 없었다. 무엇보다도 휴식할 공간이 없었다. 방세 개짜리 연립주택에 남녀 도합 스무 명을 때려넣은 공간 어디에도 '휴식'은 없었다. 대부분 이십대였던 젊은 남녀가 한 번도 사고를 치지 않았다는 게 어처구니없을 정도였다. 겪어본 사람만 알 수 있다. 그 분위기, 그 주거 환경에서는 사고 칠여력도 없다는 사실을. 그럴 만한 공간과 시간을 확보할 수도 없었지만 뭘 먹어야 사고 칠 기운도 있을 거 아닌가.

숙소에서는 김국을 먹었다. 밥은 1인당 반의반 공기 분량이었고. 김국은 말 그대로 김이 들어간 국이었다. 물에 김만풀어놓은 국. 과연 국이라 부를 수 있을지 의심스러운 액체를 없어서 못 먹을 지경이었다. 점심시간에 분식집에 몰려가면 제발 '1인 1김밥'을 해보는 것이 소원이었다. 각자 꼬불쳐둔 돈을 꺼내 칼국수 하나, 김밥 두 줄을 시켜 다섯 명이서 나눠 먹곤 했다. 나중에 예비역 한 명이 합류한 후에는 주로 편의점에서 '뽀글이'를 먹었다. 컵라면보다 싼 일반 라면을 사서 봉지 안에 뜨거운 물을 부어 먹는, 전투 식량 뽀글이.

게다가, 일찍 일어나는 새는 벌레를 잡는 게 아니라 일찍 피곤해졌다. 새벽부터 밤까지 피곤에 겨워 하품을 해댔다. 그 래도 저커는 5시 전에 일어났다. 씻고 용변을 보기 위해서는 그 방법밖에 없었다. 스무 명이 욕실 하나를 공유했으므로 6시에 일어나면 세수하기도 어려웠다. 싱크대에서 두세 명이 동시에 이를 닦고 세수를 하는 풍경이 아무렇지 않았다.

저커는 어디서도 이런 말을 하지 않는다. 설마 그렇게까지, 라며 그 말을 믿지 않을 것 같고 혹여 그 말을 믿는다면 자신 을 더 이상 신뢰하지 않을 것 같아서다. 아니다. 수치스럽기 때문이다.

놈은 일행들과 시시껄렁한 농담을 주고받으면서 목젖이 보이도록 웃고 있다. 놈이 웃어젖힐 때마다 당구장 안이 쩡쩡 울린다. 놈의 이두박근은 제법 튼실해 보이고 가슴팍은 단단 하게 근육이 잡혀 있다. 그때 놈의 몸은 밋밋한 대나무 같았 는데. 얼굴은 하얗다 못해 파리했고 눈만 뱀처럼 반들거렸지. 저커가 두 달 만에 7킬로나 빠졌으니 1년 가까이 있었다던 놈은 못해도 15킬로 이상은 빠진 상태였을 것이다. 다들 그렇 게 쭉쭉 살이 빠졌다. 한창 나이에 겨우 밥 몇 숟갈을 김국에 말아먹는데 그렇게 빠지지 않으면 이상할 일이다. 다이어트 를 하려면 돈 써가며 단식원에 가느니 피라미드 업체에 들어 가는 게 낫다.

저커는 놈을 계속 주시한다. 붙을까? 한판 붙고 싶어도 놈의 근육 앞에서는 주저될 수밖에. 더욱이 저쪽은 셋, 저커는 혼자다. 눈을 마주쳐야 알아보는 건지 아닌지 가늠이라도 해볼 텐데 놈은 한 번도 저커 쪽을 쳐다보지 않는다. 계속 노려본들 놈이 일부러 피하는 건지 아닌지조차 알 수 없다.

준이 녀석은 한 번 만났다. 딱 한 번. 순순히 전화를 받고 약속 장소에 나온 녀석을 보자마자 저커가 말했다. 일단 한 대 맞자. 녀석은 별 말 없이 맞았다. 심하게 때리지는 않았다. 턱을 한 대 쳤는데 녀석이 피하지 않아서 더 때리지 못했다. 처음부터 좀 패줄 생각으로 공원에서 만났으나 결국 공원 벤치에 나란히 앉아 함께 질질 울었다. 둘이 다를 게 없었다. 능력 없고 돈 없고 별 볼 일 없는 집 녀석들이 어쩌다 그렇게 엮였을 뿐 누구의 잘못이라 하기도 어려웠다. 그저 서러웠다. 저커가 아무도 포섭하지 못한 이유는 준이가 중학교 동창들과 동네 친구들을 한 번 훑었기 때문이고 결과적으로 무척 다행인 일이었다. 아니었다면 저커도 누군가에게 턱을 내줘야 했을 테니. 그리고 부둥켜안고 질질 울었을 테고. 그날 둘은 주머니를 털어 국수를 사먹고 소주를 마셨다. 소주를 마시고 한강변에 나가 고함을 질렀다. 에브리맨 네트워크 좆까라 그래! 우주양행 이 씨팔놈들! RD 개새끼들아!

개새끼. 저커는 놈을 노려보며 혼잣말을 한다. 놈은 공이 제대로 맞을 때마다 큰 소리로 웃는다. 저커는 거기서 나온 후, 아니 거기 들어간 후로 저렇게 활짝 웃어본 적이 없다. 억지로 웃거나, 웃다가 얼굴이 일그러지거나. 개새끼.

놈은 저커가 할머니에게 전화를 할 때도 곁을 맴돌았다. 전화는 숙소 밖으로 나와 산책을 겸해서 하곤 했는데 놈 때문에 마음 놓고 통화할 수가 없었다. 일종의 감시였다. 그걸 견딘 이유는 다른 방법이 없어서였다. 혼자 있는 할머니와의 통화는 힘들었다. 할머니는 좀 더 이야기하고 싶어 했고 저커는 빨리 끊고 싶었다. 자꾸 어깨가 무거워졌고 덩달아 자신감은 희박해졌다. 그런 마음이 전화기 저 편에 닿을까봐 안절부절못했다. 놈은 다 안다는 듯 가소롭다는 표정을 지었다. 비참했다. 그런 곳에 발을 들인 것부터 시작해 돼지처럼 뒹구는 합숙, 그러면서도 선뜻 박차고 나오지 못하는 현실이 치욕이었다. 그런 치욕 속에서 단지 좀 더 일찍 발을 들였다는 이유 하나로 대단한 지위라도 갖고 있는 것처럼 구는 놈이 역겨웠다.

합숙이 시작된 주말, 동대문 시장으로 우르르 몰려가 정장을 살 때 옷을 골라준 것도 놈이었다. 옷은 개인 소유가 인정되지 않아 그 정장을 줄곧 입고 잤다. 바지를 입은 채 재킷을 이불 삼아 덮고. 다른 옷도 손 닿는 대로 아무거나 입는 게 규칙이었다. 여자들도 그랬다. 그런 생활을 하다 보면 바깥세상은 먼 은하계처럼 느껴졌다. 영영 벗어날 수 없을 것만 같은 아득한 절망과 가짜임을 알면서 놓지 못하는 희망 사이에서 널을 뛰었다. 새벽 지하철에 정장 입은 무리 수십 명이 올라타면 사람들이 다 알아봤다. 딱하다는 눈초리. 어쩌다가 저렇게, 하는 혐오의 표정. 교육장에서는 자존감을 높여야 한다고 외쳤지만, 매일 주입받다 보면 어느 정도는 그렇게 되는 것도 같았지만, 그 표정 앞에서는 자존감이 선로 바닥에 처박혔다. 놈이 저커의 옷을 입은 적도, 저커가 놈의 옷을 입은 적도 있었을 것이다. 더러는 속옷조차도 손에 잡히는 대로 꿰고 보는 상황에서 그런 일이 없었다고 장담할 수는 없다. 옷은 그렇다 치고 목걸이는 다른 문제였다.

합숙이 시작되고 한 달쯤 지났을까. 저커는 문득 목이 허전함을 깨달았다. 항상 걸고 있던 목걸이가 없었다. 풀어놓은 기억이 없어 언제 어떤 경로로 사라졌는지 짐작조차 되지 않았다. 쉽게 끊어질 정도로 가늘지도 않았다. 집을 떠날 때 할머니가 준 것이었는데 새것 같지는 않았으나 가짜는 아니라고 했고 누구 거냐고 물었을 때 할머니는 대답을 얼버무렸다. 형태로 봐서는 남성용인지 여성용인지 모호했다. 숙소의 이불을 모조리 털어봤으나 목걸이는 나오지 않았다. 가방 안에 있을까? 어느 가방에? 스무 명의 가방을 몽땅 뒤질 수는 없었다. 단 하나의 가방도. 자신의 소중한 물건이 사라졌다는 사실이 타인의 가방을 뒤질 권리가 되지는 않았다. 적어도 저커의 기준으로는 그랬다.

목걸이는 한 달쯤 후에 발견됐다. 저커가 그곳에서 발을 빼기 직전이었다. 정확하게는 목걸이 덕분에 발을 뺀 거고. 목걸이는 놈의 호주머니에서 툭 떨어졌다. 편의점 계산대에서 라면값을 꺼내던 놈의 손가락에 걸려서. 바닥에 떨어진 목걸이를 저커가 봤고 놈이 그런 저커를 뒤돌아봤다. 놈은 조금도 당황하지 않은 표정으로 저커를 보며 침착하게 목걸이를 집어서 주머니에 도로 넣었다.

"어, 그거……."

저커가 어물어물하는 사이 놈은 한쪽 입꼬리를 올리며 눈을 빛냈다. 니가 어쩔 건데? 증거 있냐? 놈의 눈은 그렇게 말하고 있었다. 저커는 어떻게 해야 할지 모르겠어서 라면값을 치르고 탁자에 앉아서 먹었다. 대각선 자리에 앉은 놈은 저커와 눈이 마주치자 차갑게 웃었다. 저커의 몸 어딘가에서 팽팽했던 무엇이 툭 끊어지는 느낌이 났다. 저커는 말없이 일어나 뜨거운 뽀글이를 쓰레기통에 처박았다. 누구에게도 말하지 않고 그길로 그곳을 이탈했다. 숙소에는 짐이랄 게 없어 아깝지도 않았다. 놈에게서 계속 전화가 걸려오고 메시지가 왔다. 저커는 놈과 준이의 번호를 차단했다. 생각보다 간단했다. 목걸이가 엄마나 아빠의 것이었다면, 그래서 할머니가 준 부적 같은 거였다면, 목걸이는 부재로 존재 의무를 다한 셈이었다.

게임을 끝낸 놈이 화장실로 간다. 저커는 잠시 후 따라 들어간다. 심호흡을 하고, 돌아서는 놈을 향해 주먹을 뻗는다. 놈은 가볍게 저커의 주먹을 피하고 씩 웃는다.

"고마운 줄 알아."

저커가 씨근거리며 다시 공격 자세를 취하자 놈이 혀를 찬다.

"덕분에 일찍 정신 차리고 나갔잖아. 씨팔, 나는 너무 오래 있었지. 갈 데가 없었거든."

놈이 저커를 벽으로 바싹 밀어붙인다. 놈의 가슴이 쇳덩이 같다.

"그거 말야. 가짜더라고."

놈의 숨결이 얼굴로 쏟아져 저커는 고개를 옆으로 돌린다. 몸을 빼내고 싶지만 놈의 힘은 저커가 상대할 수 있는 수준이 아니다.

"너랑 나는 모르는 사람이다. 여기, 여기서 그 기억을 지워. 그래야 산다. 알 만한 새끼가."

놈이 저커의 머리를 손가락으로 쿡쿡 찌르며 으르렁거리는 목소리로 말하고 바닥에 침을 뱉는다.

*

삼겹살과 소주를 앞에 두고 연후가 침을 삼킨다.

"먼저 좀 먹으면 안 돼?"

"그러는 거 아니다. 막내 돈 버느라 애쓰는 시간에."

"오, 그러니까 형이 꼭 진짜 형 같은데?"

연후는 떼쓸 때의 기세와 달리 선뜻 포기하고 바닥에 벌렁 드러눕는다. 말 잘 듣는 친동생 같아서 민용은 흐뭇해진다. 연후는 거실 바닥에 누워 유로를 데리고 논다. 주워온 낚싯대 끝에 실로 비닐봉지를 매달아 물고기를 낚듯 획획 내젓는다. 신이 난 유로가 비닐봉지를 잡으려고 뛰어오르고, 그때마다 연후가 키득거린다.

"형, 이래서 사람들이 고양이 키우나봐. 우와, 날렵한데? 형이랑 평균 내면 보통은 될 것 같지 않아?"

"야, 이……."

민용은 딱히 반박을 못하고 웃고 만다. 놀 만큼 놀았는지 유로가 소파 등받이로 올라가자 연후는 그제야 낚싯대를 내려놓는다.

"시간 안 됐냐?"

"17분 남음."

연후가 일어나 상추와 깻잎을 씻으며 묻는다.

"근데 웬 거야?"

"이런 날도 있어야지. 오늘은 형이 쏜다."

"돈 들어왔구나?"

물소리 때문인지 반가워서인지 연후의 소리가 높아진다.

"들어오겠지. 오늘 고용센터 다녀왔다."

연후가 씻은 채소를 접시에 담아 상 위에 놓고 가스불을 켠다. 삼겹살을 뒤집어 노릇하게 익어갈 즈음 저커가 들어온다.

"어, 왔냐?"

저커는 민용의 말에 억지웃음을 한 번 웃고 욕실로 들어간다. 민용이 닫힌 욕실 문을 턱으로 가리키며 연후를 본다. 연후가 고개를 갸웃하면서 어깨를 들었다 놓는다.

눈에 띌 때마다 한두 개씩 주워들고 온 터라 구색은 맞지 않지만 접시들은 제법 고급스럽다. 상은 학습지 회사의 판촉용, 잔은 코렐 머그컵, 거기다 소주와 삼겹살. 이 조합은 뭔가. 참 다채롭기도 하지.

세수를 끝낸 저커가 말간 얼굴로 상 앞에 앉는다. 이제야 제대로 된 입주 파티다. 잔을 부딪치며 민용이 말한다.

"잘 지내보자."

저커가 웃으며 고개를 끄덕이고 단숨에 잔을 비운다. 민용도 연후도 잔을 비운다.

"근데."

연후가 민용의 잔에 소주를 따르며 묻는다.

"형은 요새 저녁마다 누구랑 술을 마시냐?"

민용이 대답 없이 웃는다.

"여자?"

연후의 눈이 가늘어지고 저커의 눈은 커다래진다. 민용이 유튜브를 검색해 음악을 튼다. 폭발적 샤우팅이 거실 공기를 찢는다. 저커가 화면을 넘겨다본다.

"아우, 형, 뭐 이런 걸 듣냐? 꼰대처럼."

"누구랑 마시냐며? 이 사람이랑 마신다. 꼰대 맞아."

"가숩니까?"

저커가 신기하다는 듯 묻는다.

"어, 이제 말하네."

연후가 저커의 잔에 술잔을 부딪친다. 저커가 한 손을 배에 댄다.

"누구냐면……"

"저커! 무슨 일 있었어?"

민용의 말을 연후가 툭 자른다. 민용은 머쓱해져서 음악을 끈다. 저커가 민용의 눈치를 살피자 민용이 고기를 한 점 집어 저커 앞에 놓는다. 저커가 우물쭈물하다가 소주를 털어넣고 고기를 먹는다.

"얼마 만에 먹는 거냐, 고기?"

민용이 묻자 저커가 머리를 긁적인다.

"형, 뭐 돼지고기 갖고 생색내고 그러냐?"

연후가 얼른 장난스럽게 말한다.

"소고기는 안 되지."

"안 되는 건 또 뭐야. 못 먹는 거지. 인정할 건 인정하자, 우리."

"그래서 너는 아직 멀었다는 거다. 소고기를 아무 의도 없이 사주는 사람은 없다. 순수한 호의는 딱 돼지고기까지다."

"에이, 뭘 또 그렇게까지. 알았다고! 잘 먹겠습니다아아아!"

연후가 큰 소리로 외치고 고기 세 점을 한 번에 집는다.

"그게…… 말입니다."

저커가 씹던 고기를 삼키고 천천히 말한다.

"맞는 것 같습니다. 소고기는 휴가 나왔을 때 할머니가 구워준 것 말고는 없었습니다."

"한 번도?"

연후의 물음에 저커가 골똘한 표정을 짓다가 고개를 끄덕인다. 민용이 저커의 잔에 술을 따르며 말한다.

"많이 먹어라."

갑자기 연후가 손뼉을 치곤 대단한 발견이라도 한 듯 의기양양하게 말한다.

"그러니까 말야, 형. 가족끼리는 소고기 사주고 그러는 거잖아. 우리가 지금 뭐냐. 한집에 사니까 가족 아니냐, 이거지."

민용이 손을 들어 연후를 제지한다.

"그래도 소고기는 안 된다. 돼지고기로 만족해라."

"그런데 말입니다."

저커가 미뤄왔다는 듯 정색을 하며 말을 꺼낸다.

"이제 규칙을 정할 때도 됐지 말입니다."

연후가 올 것이 왔다는 표정을 지으며 민용의 반응을 살핀다.

"정하자."

민용이 선선히 대답한다.

"그럼 방부터 정하는 게 어떻겠습니까. 매일 아무 데서나 자는 건 아니지 싶습니다."

민용과 연후는 잠시 말이 없다.

"저는 아무 방이나 괜찮습니다만."

저커가 눈치를 살피다 조심스럽게, 그러나 분명하게 말한다.

"잠시만."

연후가 스프링 노트를 꺼내와 한 장 찢는다. 뒤돌아 앉아 뭔가 끄적인 다음 접힌 쪽지 세 장을 내밀며 말한다. 안방 두 명, 작은방 한 명. 민용과 저커가 한 장씩 뽑는다. 민용이 접힌 쪽지를 물끄러미 보다가 유로와 함께 거실을 쓰겠다고 선언한다. 연후가 재빨리 민용과 저커의 손에 든 쪽지를 낚아채 석 장을 한꺼번에 구겨 쥔다.

"저커, 안방 써. 나는 작은방이 좋아."

저커가 얼떨떨한 표정이 된다. 민용도 뜻밖이라는 얼굴이다.

"찬물도 위아래가 있는데 말입니다."

"대신 안방 옷장에 걸린 옷은 그냥 좀 걸어두자. 콜?"

연후가 못을 박는다. 안방에는 한쪽 벽면을 꽉 채운 붙박이 장이 있다. 이전 세입자가 두고 간 것인데 새것이나 다름없다. 분해와 조립에 드는 비용이 만만치 않은 데다 어차피 얼마 남지 않은 기간에 그보다 좋은 장롱을 가진 세입자가 들 것 같지 않아서 주인과 합의를 본 사항이라고 했다. 다음 세입자가 치워달라면 그때 치워준다고, 대신 쓰게 되면 그 뒷일은 알아서 하라고 단서를 달았다는데 나중 일은 알 바 아니고 세 사람은 일단 쓰겠다고 했던 옷장이었다. 아무튼 멀쩡한 것들을 두고 가거나 버리고 가는 일이 전혀 이상하지 않은 동네니까. 붙박이 장은 1인당 한 칸씩 나눠 쓰고도 하나가 남았다.

"그럼 방은 정했으니 건배부터 하고. 하나 정할 때마다 한 잔."

연후가 잔을 들자 나머지 두 개가 그 잔에 가 부딪친다.

"월세만 모으지 말고 생활비도 각출하는 게 좋을 것 같습니다."

잔을 비우자마자 저커가 제안한다.

"얼마씩?"

연후가 묻는다.

"지난번에도 형들이 먹을 걸 사오지 않았습니까. 저는 먹기만 하고 말입니다. 이런 식으로 하면 단체 생활에 지장이 생깁니다.”

“너는 아침밖에 못 먹는데? 얼마나 먹는다고 똑같이 내냐?”

민용이 할아버지처럼 인자한 미소로 말한다.

“그러니까 말입니다. 똑같이 내자는 건 아니고 말입니다.”

“그럼 밥 먹은 횟수대로 계산하자는 거야?”

연후의 말은 설마, 하는 투다.

“그러면 안 됩니까?”

민용과 연후가 뜨악한 표정이 되어 눈을 맞춘다.

“그럼 관리비는 어떡하고? 니가 안방 쓰니까 니가 더 낼래?”

연후가 삐딱하게 나가기 시작한다. 민용이 말리는 눈짓을 한다.

“그러면 제가 작은방 쓰겠습니다.”

“헐! 이거 지금 실화야?”

연후가 상체를 뒤로 젖히면서 목소리를 높인다. 민용이 얼른 두 사람의 잔에 술을 따라주며 말한다.

“저커 말이 맞다. 관리비는 똑같이 내도록 하고 저커는 식비 반만 내라. 내가 주로 집에 있으니까 그만큼 더 낸다.”

“그럼 제가 6분의 1, 연후 형이 6분의 2, 민용 형이 6분의 3 맞습니까?”

연후가 질린다는 듯 저커를 쳐다본다. 자칫하다간 한 대 칠

것 같은 분위기다.

"자, 그럼 하나 정했으니 또 한 잔."

민용이 건배를 제의한다. 연후가 입을 쑥 내민 채로 잔을 든다.

"똘똘하게 계산하는 놈도 하나쯤 있어야지."

민용의 중재에 저커가 쑥스럽다는 듯 잔을 부딪치고 한 번에 털어넣는다.

"근데 너는 제대한 지가 언젠데 아직도 다나까냐? 우리도 다 군대 갔다 왔거든?"

저커의 악착같음이 재수 없는지 연후가 공연한 트집을 잡는다.

"그게 말입니다……. 말이라도 딱 부러지게 해야 어디 가서 무시를 덜 당합니다. 쥐뿔도 없는 놈인 줄 사람들이 귀신같이 압니다. 그렇게 티가 납니까?"

저커의 얼굴이 불그레하다. 뺨도 눈도 별안간 축축해진 느낌. 연후의 얼굴이 콘크리트처럼 굳는다. 민용은 저커의 말을 잘 알아듣겠다. 그렇게 티가 난다. 지금이야 한집에 살고 이렇게 삼겹살을 구워 먹고 있지만 저커와 연후는 다르다. 달라 보인다. 옷이나 신발의 문제가 아니다. 표정, 말투, 몸짓이 미묘하게 다 다르다. 등록금과 생활비 때문에 하루 열몇 시간씩 일하는 놈과 돈 걱정 없이 술렁술렁 학원만 다니면 되는 놈이 달라 보이지 않는다면 그게 이상할 일이지.

"티는 뭐……."

민용은 그렇게 중얼거리고 만다. 자신도 오갈 데 없이 저커쪽임을 부정할 수 없어 아니라고 잘라 말하지 못한다. 그건 거짓말이니까. 연후가 말없이 비운 잔을 탁 내려놓는다. 민용이 몸을 날린 건 거의 동시다.

"뱉어! 안 돼!"

어느새 유로가 연후 뒤쪽에 와 있다. 입에 종이뭉치를 물고. 민용이 유로를 간신히 붙잡아서 혼내고 간식을 주며 달래고 하는 동안 연후는 혼자 한 잔을 더 따라 마신다.

"이게 뭡니까? 안방만 석 장이지 말입니다."

유로가 뱉은 종이뭉치를 펼쳐 보이며 저커가 묻는다. 잔머리는 걸리게 마련이지만 이렇게 현장에서 딱 걸리면 서로 민망하지. 유로가 잘못했네.

*

잘못한 게 없다고 우기는 게 잘못이라고 아내는 단호하게 말했다. 아무리 생각해도 자신이 잘못한 것이라곤 꿈도 희망도 없이 기계처럼 하루하루 닦고 조이고 기름 친 일밖에 없다. 그게 잘못이라면, 뭐, 잘못이라고 치고. 그러나 다시 생각해보면 그건 아내에게 잘못한 게 아니라 자신에게 잘못한 일 같다. 전력질주 끝에 멈춰 서보니 트랙이 보이지 않는다. 결승선은 어디쯤 있을까. 어떻게 가야 할까. 이안은 드넓은 운동장 복판에 홀로 선 느낌이다.

이안에게는 이제 커서 뭐가 될 거냐고 물어보는 사람이 없다. 제정신인 사람이라면 그런 질문을 하지도 않겠지만, 그래도 말이다. 한 번쯤은 어릴 때 장래희망이 뭐였냐고 물어볼 수도 있을 텐데 아무도 그러지 않는다. 아무도 만나지 않기 때문일지도 모른다. 이안이 상정하는 '아무'란 제대로 된 밥집이나 제대로 된 술집에서 만나는 사람을 가리키는데 그렇다면 으르라 상회의 주인이나 닌자가 장래희망이라던 녀석은 '아무'에 속하지 않는 셈이다.

이안은 녀석을 자주 떠올린다. 닌자라니! 가당치도 않은 장래희망이라 생각하면서도 피식피식 웃게 된다. 특히 녀석이 메타세쿼이아를 향해 돌진하다가 뒤로 벌렁 나자빠진 꼴이 생각나면 팝콘 터지듯 웃음이 터져나온다. 그러다 곧 침울해지는 게 다음 순서지만.

10년 전의 그놈을 해치워달라던 말은 농담이 아니었다. 직장생활 25년 차였다. 서울에 온 지도 25년, 결혼을 한 지는 22년, 이 동네에 살아온 지는 15년. 그때 그놈은 10년 후 자신의 모습을 진지하게 예측해볼 여유조차 없었다. 진자처럼 직장과 집을 오가는 게 생활의 전부이다시피 하던 그 시절, 이안은 자신이 소모품이 아니라 닳지 않는 부속 같은 거라고 믿고 싶었다. 그러니까 그로부터 오래지 않아 이런 일이 생길 줄 몰랐던 것이다.

"집 짓자, 우리."

아내가 말했다. 툭. 피자나 시켜 먹자, 하는 것처럼.

"무슨 집?"

"우리 집 말야."

"멀쩡하게 살고 있는 아파트 놔두고 왜 집을 지어? 집 짓는 게 장난인 줄 알아?"

"지긋지긋해. 아파트에서 사는 거."

"이것 봐. 아파트에 다들 못 살아서 난리야. 심심해? 집에 편하게 들어앉아 있으니 지금 심심한 거지?"

"동네가 지겨워. 지겨워 죽을 것 같아. 서로 다 알고, 다 알면서도 더 알려고 하고, 비교하고."

아내는 화난 목소리로 속내를 쏟아낸 다음 한숨을 쉬고 이어서 말했다.

"지금이 적기야."

적기라고 말할 때 아내는 한 글자씩 천천히 강조했다.

"무슨 적기?"

"노후 대비에. 오히려 늦었지."

이안은 아내가 무슨 말을 하는 건지 잘 알아들을 수 없었다. 쉰 초반이었다. 모험을 하기에는 부담스러운 나이였다. 직장에서 버틸 수 있을 때까지 버티고 월세 받을 오피스텔이라도 하나 장만해서 소소하게 먹고 살다 보면 연금이 나올 테고. 자식들은 거의 다 키워놨으니 몇 년만 더 뒷바라지하면 될 테고. 그러려고 이렇게 살아온 건데 이제 와서 왜 모험을?

"싫어."

아내가 말없이 이안을 노려보기만 했다.

"집 짓다가 화병 난 사람 얘기 못 들어봤어? 아파트 수리만 해도 병난다는데."

"화를 내면 병이 안 나."

아내의 말투는 차갑고 단단했다. 그 화를 결국 내게 낼 거 아니냐고 하려다 대화가 이미 끝났음을 알고 이안은 입을 다물었다.

"내가 알아서 할게."

그건 통보였다. 말을 시작할 때는 의논인가 싶더니 아내가 원하는 건 그게 아니었다. 아내의 주장은 한편 그럴듯했다. 대출을 받아서 집을 지으면 1층에 가게를 내서 월세를 받고 2, 3층에는 투룸을 들여 세를 놓고 지하는 창고로 세를 주고 우리는 4층에 살면 된다는 계획이었다. 군이 아파트를 팔지 않고도 어떻게 해볼 수 있다고 강조했다. 금융비용이 좀 들더라도 아파트나 상가주택이나 오르면 올랐지 내릴 일은 없을 테니 미리 겁먹을 필요는 없다고. 이안은 10분도 되지 않아 고개를 끄덕이고 있었다. 아내가 다 알아서 한다고 했으니 남은 것은 평화롭게 동의하는 형식적 절차밖에 없었다. 서오릉 쯤이 좋겠다고 했다. 아내는 어린 시절 그쪽 동네에서 자랐는데 꼭 그래서는 아니고 시내치고 땅값이 싸다는 게 이유였다.

"너무 먼데……."

이안의 직장은 서울 남쪽의 경기도였다.

"강을 건너지 않으면 아파트 팔아야 해. 그래봤자 땅도 못 사."

"회사 가까운 데는 안 비쌀……"

"경기도민은 싫어."

아내가 딱 잘라 말한 뒤 덧붙였다.

"그리고 회사는……."

더 말하려다 말고 아내는 시선을 피했다. 아내가 하려던 말이 무엇이었는지 이안은 얼마 후 알게 되었다.

"월요일부터 3공장으로 출근하세요. 못 할 것 같으면 쓰시고요."

"뭘 쓰라는……."

인사 담당자가 정말 몰라서 묻느냐는 표정을 지으며 앉은 의자를 좌우로 빙글 돌렸다. 어리둥절해진 이안은 몇 초 지나지 않아 도를 깨치듯 머릿속이 환해졌다. 눈앞은 캄캄해졌고.

"알겠습니다."

이안이 대답하자 인사 담당자가 먼저 일어나며 마무리를 지었다.

"연락해두겠습니다."

금요일 오후였다. 이안은 회의실에 혼자 남겨진 채 잠시 앉아 있었다. 이런 거구나. 쓸 수 있다면 참 좋을 텐데, 그 사표…….

부장으로 몇 년째였더라. 이안은 처음부터 부장이었던 것처럼 부장으로서의 세월이 아득하게 느껴졌다. 전해, 그 전해에도 선임 부장인 자신을 제치고 후배가 이사가 되는 모습을 지켜봤다. 이사가 된 후배와는 이전과 달리 서먹서먹해졌으며 차츰 나눌 이야기들이 바닥났다. 업무적인 관계도 업무 외적인 관계도 버석거렸다. 그건 사실 중요하지 않았다. 이안은 해를 거듭할수록 마음의 준비를 차곡차곡 하고 있었고 한 해라도 더 조직에 몸담고 있는 게 현명한 처세라는 이치 정도는 터득한 상태였다. 만년부장이 실업자보다 낫다는 사실에는 이견의 여지가 없었던데다 자신의 커리어로는 협력업체나 중국이나 베트남에서 러브콜이 올 일도 없었다. 아이들이 대학을 마칠 때까지의 등록금을 고려해도 그렇고 아내의 말마따나 노후대비용 상가주택을 생각하더라도 길은 하나였다. 3공장. 간혹 출장을 간 적은 있었지만 그곳은 철저한 타지였다.

그럭저럭 버텼다. 버티는 것이야말로 오랜 직장생활에서 체득한 전문적 기술이었다. 조직에서 가장 중요한 덕목은 다른 게 아니었다. 어떤 상황에서도 무난하게 버티는 기술이 중요했다. 이안이 하는 일은 새로운 기술을 제품에 적용하는 것이었지만 그것은 부차적인 일이었고, 앞서의 기술을 몸과 마음에 장착하는 일이 주요 업무라고 할 수 있었다. 그리고 그 업무는 대부분의 임직원에게 주어져 있었다. 그것이 조직 내에서 거의 모든 성과를 판가름했다.

월요일 새벽 근무지로 가서 금요일에 돌아오는 날들이 이어졌다. 계절이 바뀌면서 차츰 일요일 저녁 근무지로 복귀하게 됐고, 금요일 밤 서울로 오는 대신 남쪽으로 원행을 가는 일이 잦아졌다. 기능성 티셔츠와 등산 바지가 달마다 한두 개씩 숙소 옷장에 새로 걸리고 등산화와 원색의 등산용 점퍼가 갖춰졌다. 그가 근무지와 집, 남쪽 어디를 번갈아 오가는 사이, 아내는 강을 건너 산 가까운 곳에 적당한 상가주택을 하나 계약했다. 알아본 결과 서울시내에는 젓가락 하나 꽂을 땅이 없더라고 아내는 말했다. 이안이 한 일은 아내의 손에 이끌려 은행에 가서 대출 서류에 도장을 찍은 것이 전부였다. 이제 이안의 인생에서 가장 중요한 문제는 그 진폭 내에서 얼마나 오래 진자 운동을 하느냐가 되었다. 이안은 버틸 수 있을 만큼 버텼고 마침내 완전히 밀려났을 때는 가루까지 탈탈 털린 빈 과자 봉지가 된 느낌이었다.

몇 년이 지난 지금은 이리저리 구르다 납작하게 밟힌 봉지가 됐다. 하지만 말이다. 재활용이 가능하다면 뭔가 새로운 걸 담을 수도 있지 않을까. 이안은 요즘 들어 부쩍 뭔가 담고 싶다는 욕망이 강해졌다. 특정한 '뭔가'가 아니라 '뭐라도'가 더 정확한 표현일지 모른다. 이 상태로 너무 오래 지냈다. 양재역에서 회사 버스를 기다리던 그놈은 회사를 나오고 나니 이전과 전혀 다른 존재가 되어 있었다. 30년이 넘게 한 회사에서 하루 세 번씩 사내 식당 밥을 먹으며 지내온 인간이란 그렇게 의도치 않은 형질전환을 겪는 걸까. 사원증 반납하면 아무것도 아닌 인간. 이안은 날마다 새롭게 밀려드는 시간을 수습할 수 없었다. 졸린 눈을 부비며 폭염과 혹한에도 버스를 기다리던 자신에게 시간이란 꼿꼿한 팽이의 회전속도로 흘러가는 것이었는데.

이안은 오전 시간을 가까스로 때우고 으르라 상회 앞에 앉아 있다. 해가 서쪽으로 옮아가자 민용이 느적는적 걸어온다.

"자네 아직도 넌자가 되고 싶은가?"

민용이 쑥스러운 듯 웃고 만다.

"나는 뭔가 되고 싶어 하는 내가 당황스럽네."

민용이 오히려 더 당황스런 표정을 짓는다.

"형님, 이 나이에 뭐가 되겠어요. 곧 할아버지나 되겠지."

으르라 주인이 킬킬거린다.

"그런 거 말고. 아들이나 남편이나 아버지나 할아버지 같은 거 말고. 이를테면⋯⋯."

이안은 말을 맺지 못한다. 이마의 주름이 더 선명해지고 미간의 세로주름도 덩달아 깊어진다. 민용과 주인은 옆자리에 앉아 맥주 캔을 딴다.

"빨간 거 하나만."

이안이 한참 후에 입을 뗀다. 주인과 민용은 조금 놀란다. 언제나 호가든이었기 때문이다. 흑맥주를 좋아한다던 이안이 소주를 찾는 건 처음이다. 이안은 맥주 캔을 따서 두어 모금 마신 뒤 소주를 캔에 따라 넣는다.

"말아먹는 건 오랜만이군. 자네도 말 텐가?"

민용이 병을 받아 자신의 캔 안에 조금 붓는다. 다음에는 으르라 주인이. 셋은 소맥을 들고 나란히 앉아 전방을 주시하며 찔끔찔끔 마신다. 침묵이 길어진다. 앞 동의 창들은 불이 켜져 있거나 꺼져 있고 시간차를 두고 꺼지거나 켜지거나 하는 창들도 있다.

"브루스가 말야."

이윽고 이안이 입을 연다.

"브루스 윌리스요? 〈다이 하드〉?"

민용이 재빨리 반응해준다.

"나는 그거 다 봤다구. 갈수록 별루야. 늙어 그런지, 짠해서 못 보것어."

주인이 매가리없이 말한다.

"전부 몇 편이나 되죠? 서너 편?"

"더 될걸? 자네도 봤나?"

"아, 저는 브루스 윌리스라면 〈식스 센스〉라고 생각하는 편이라서요."

"반전이 장난 아니지. 그래도 브루스는 액션이 나아."

"와아, 많이 보시나봐요?"

"비디오 대여점 했었거든. 여기서."

이안이 끼어든다.

"뭐, 오래전이지."

주인이 잠깐 쓸쓸한 표정을 짓는다. 민용과 주인은 한참 동안 브루스 윌리스에 대해 떠든다. 머리털 빠지고 나니 매력이 없다는 둥, 젊어서도 별로였다는 둥, 데미 무어는 왜 결혼했을까, 아차, 이혼했지, 등등 시답잖은 이야기들을 한참 주고받는다. 조용히 듣고만 있던 이안이 천천히 고개를 저으며 말한다.

"스프링스틴. 윌리스가 아니라."

스프링 뭐가 누구냐는 듯 두 사람이 이안을 쳐다본다.

"브루스가 그랬대. 꿈 따위는 흘려보내야 한다고. 그런데 꿈이 사라지면 그것을 대신할 수 있는 것은 아무것도 없다고."

"형님, 그게 누구요?"

"브루스…… 스프링…… 스틴."

민용이 전화기를 꺼내 검색해보곤 이안 대신 대답한다.

"가수예요. 미국."

"그러니까 그 스프링이란 자가 그랬다고?"

"스프링스틴이라니까. 브루스 스프링스틴."

이안이 정색을 하고 바로잡는다.

"형님, 꼭 뭐가 되어야 하우? 이 나이에?"

주인이 웃긴다는 듯 말한다.

"너무 오래 사니까 말이지. ……죽을 수는 없잖나."

이안은 굳이 뭐가 되어야 한다는 생각 없이 몇 년을 지내왔다. 아무것도 아닌 채로, 아무 일 없이 지내는 것도 괜찮다고 여겨왔다. 오늘도, 내일도, 그냥 쭉, 언제까지고. 세상에 이런 날들이 오다니! 드디어 내게도! 햇빛을 쬐며 무작정 돌아다니거나 허리가 아파 못 견딜 때까지 누워 있거나 하는 일들이 실제 상황임이 못내 신났었다. 그 기분은 마치 꼬리를 끌며 떨어지는 유성처럼 갈수록 흐릿해졌지만.

"이것 좀 들어줘."

아내가 빛깔이 흐릿해진 화초들을 가리켰다. 이안은 소파에 누워 티브이 리모컨으로 손가락 운동 중이었다.

"뭐 하게?"

이안은 누운 채로 물었다.

"버리게."

"멀쩡한 걸 왜?"

"안 예뻐, 이제."

"그렇다고…… 버리냐?"

"예쁜 걸로 다시 몇 개 살 거야."

"의리도 없냐? 몇 년을 끼고 살던 걸 후딱 내버리게."

"귀찮다는 말을 그렇게 하는 거지, 지금?"

"그게 아니라 인정머리 없다는 거지."

"인정머리? 식물한테 무슨."

"사람한테는 있었고?"

뱉어놓고 나니 아차, 싶었지만 이미 늦었다. 아내가 비닐장갑 낀 손을 허리에 척 얹었다.

"당신은 있어? 내가 아까부터 낑낑거리면서 분갈이하고 정리하는 거 보면서도 번듯이 드러누워서는."

"본인 취미생활을 왜 내 힘으로 하려고 해?"

"뭐? 이게 나 좋자고 이러는 거야? 우리 집 가꾸는 일이지!"

"나는 필요 없어. 집이야 먹고 잘 수만 있으면 되지."

아내가 이안 쪽으로 한 발 성큼 다가섰다. 본격적으로 한바탕 해볼 태세여서 이안은 티브이를 끄고 슬그머니 일어나 화분을 잡았다.

"어디로 옮겨?"

"됐어. 본인 취미생활이나 하세요."

이안은 다시 주춤주춤 소파로 돌아왔다. 그때 아내가 혼잣말로 중얼거리기 시작했다. 늙으면 자기 관리를 잘해야지. 저러고 삼식이 노릇만 하다가는…… 아이고, 이사 올 때 버렸어야 하는 건데.

마지막 말은 늙은 식물들을 두고 하는 것이었다. 문제는 타이밍이었다. 이안은 이미 속이 뒤틀려 있었고 그건 아내도 마찬가지였기 때문에 차마 자신에게 할 수 없는 말을 에둘러 하는 것으로 들렸다. 이안은 어느새 그 정도의 눈치는 갖추고 있었다. 퇴직 후 아파트를 전세 놓고 강 건너로 이사할 때 아내가 손에서 놓지 않은 건 강아지 캐리어였고 산책을 할 때도 아내는 강아지와 동행했지 이안에게 같이 나가자고 하지 않았다. 정말 그 말 때문이었을까. 아니면 편안하고 여유롭던 일상이 어느새 지겹고 막막해져서 그랬던 걸까. 이안은 지금까지도 그만한 일로 왜 집을 박차고 뛰쳐나왔는지 정확한 이유를 모르겠다.

"꼭 뭐가 되어야 해요?"

이안은 민용의 질문 속에 '그 나이에'가 생략되어 있음을 안다.

"그러니까 말야. 설명을 잘 못하겠는데…… 내가 한 직장만 30년 넘게 다녔거든. 그게 뭐냐고. 그게 뭔지를 모르겠어서 말이지."

이안은 술을 한 모금 들이켠 다음 말을 잇는다.

"그게 나는 아닌 것 같아서 말이야…… 진짜 나는 어디 있는지…… 이제 와서 그런 생각이 드는 게 너무 우습지 않은가."

진짜 나,라고 할 때 이안은 자신의 가슴팍을 탕탕 친다.

"형님, 벌써 취하셨어?"

주인이 다정한 목소리로 달래듯 말한다.

"취해? 아직 안 취했지. 취할까? 오늘 어디 한번 대취해보지 뭐. 무서울 게 뭐 있나? 출근도 안 해도 되고 마누라도 안 기다리고. 저기, 저 다이아몬드 온천! 아무 때나 가도 된다고! 좀 취하면 어때! 마셔!"

취한 척 주절거리지만 아직 너무 멀쩡하다. 민용이 킥 웃고는 민망한 듯 고개를 돌린다.

"형님, 뭐가 되고 싶은지는 이 친구한테 물어봐야 되는 거 아뇨? 젊잖아."

"저요?"

이안이 민용의 눈을 빤히 들여다본다. 민용이 머뭇거리다가 생각났다는 듯 말한다.

"어…… 건물주요."

이안은 대뜸 실망한 기색을 보이고 으르라 주인은 고개를 끄덕인다.

"그럼, 조물주 위에 건물주지."

"그거 별거 아니라네."

"하긴. 형님 건물주지?"

"그것도 건물 축에 든다면 말이지만."

민용의 입술이 살짝 벌어진다. 콧구멍은 벌름, 눈은 최대크기가 된다.

"질문을 바꿔보지. 자네 뭘 하고 싶은가? 꿈은 명사로 잡지 말고 동사로 잡아야 한다고 누가 그러더구먼."

이안의 말에 주인이 고개를 한 번 갸웃하고 민용은 잠시 생각한다.

"어…… 월세 안 내는 집에 살면서 빚 없이 차 한 대 굴리는 거요?"

말하고 나니 너무 소박하다 싶었는지 민용은 멋쩍게 웃는다.

"그렇지. 그거면 되지."

주인이 맞장구를 치고 이안은 낮게 신음한다. 그렇다면 자신은 꿈을 이룬 지 오래인데 왜 무언가 되고 싶은 걸까, 아니, 무언가 하고 싶은 걸까. 이안이 미간을 찌푸린다.

"지금 월센가? 요샌 얼마나 하나?"

주인이 묻는다.

"백이요."

"허어, 보아하니 일도 없는 것 같은데?"

"셋이 살아요. 102동요."

"동향이군. 고속도로 옆."

이안이 서쪽으로 고개를 틀고 고속도로 쪽을 바라본다.

"어? 잘 아시네요?"

"20년 살았는데 그럼."

주인이 대신 대답한다. 이안은 그때 내 꿈은 무엇이었을까, 아니 무얼 하는 것이었을까, 더듬는다. 생각나는 게 없다. 애들 공부해야 하니 티브이 좀 제발 끄라던 아내의 잔소리 말고는.

"확실히 헐값이네? 셋이면 나눠 낼 만하겠군."

주인의 말에 민용은 착잡한 목소리로 대답한다.

"뭐, 그렇긴 한데요. 생활비랑 관리비가 또 있어서요."

"그래, 일은 안 하나? 허구한 날 이렇게 나와서 놀고 있잖나."

민용이 머리를 긁적거린다. 머리칼은 그새 좀 자라서 덥수룩하다.

"한 명 더 들이면 되겠네. 거기 거실이 꽤 넓은데. 안방도 크고."

으르라 주인이 아깝다는 듯 말하자 이안의 입꼬리가 움찔한다.

*

민용은 담배를 피우며 앞 동을 물끄러미 바라본다. 사다리차가 올라간다. 이사를 나가는 건가 했는데 그게 아니다. 며칠 전부터 시끄러운 소리가 나고 철거 쓰레기가 내려온 집이다. 사다리로 올라가는 짐은 공사 자재다. 조립되지 않은 싱크대와 욕조, 변기, 세면대 같은 것들. 미치지 않고서야. 돈이 남아도는 건가. 철거가 얼마 남았다고 집을 고치나. 민용의 상식으로는 이해할 수 없다. 시골집과 고시텔에 살던 자신의 상식이란 게 고작 그 수준이어서 강남 아파트의 생리를 모르는 건가. 아니, 꼭 살아봐야 아는 건 아니지. 이건 누가 봐도 말이 안 된다.

하늘 저편에서 먹장구름이 몰려든다. 마른장마가 지나가고 날마다 폭염이었다. 꼭대기 층은 전망이 좋은 대신 천장에서 열기가 사정없이 내려온다. 오후의 햇살이 서쪽 창으로 길게 들어와 악착같이 실내를 핥으며 퇴장한 후에도 달아오른 집은 쉽게 식지 않는다. 새벽녘에야 겨우 선선해지는가 싶다가 해가 뜨면 곧바로 뜨거워진다. 이전 세입자는 고맙게도 거실에 달린 벽걸이 에어컨을 두고 나갔다. 민용은 혼자 있을 때는 에어컨을 켜지 않는다. 하릴없이 빈둥거리면서 에어컨을 켜는 데에는 용기가 필요하다. 그게 뭐라고, 그렇다. 전기요금이 무섭기도 하지만 그보다는 자신이 그럴 만한 가치가 있는 인간이 아니라는 생각이 들어서다. 에어컨을 켤라치면 몸어딘가가 조여드는 느낌이랄까. 몸 어딘가는 사실 육체가 아니고 양심이 아닐까, 하는 생각이 들기도 하고. 그러지 말자고 마음을 고쳐먹어도 잠시뿐이다. 얼마 지나지 않아 전기요금에, 자신의 존재 가치에 골몰하다가, 또다시 그러지 말자고 다짐하다가, 반복, 또 반복에 빠져든다.

비가 퍼붓기 시작한다. 민용은 안방과 베란다의 창문을 닫는다. 금세 실내 공기가 답답해진다. 열기는 갇히고 습도마저 높아 몸이 끈적거린다. 민용은 30분쯤 갈등하다가 에어컨을 켜고 제습 기능으로 맞춘다. 제습으로는 시원해지지 않는다. 민용은 유혹에 시달린다. 제습이나 냉방이나. 조금만 켜는 거지. 잠깐이라도 공기를 식히고 나면 한결 낫겠지. 시원한 바람을 맞으며 민용은 소파에 드러눕는다. 소파는 얼마 전 저커가 발견해서 끙끙거리며 들여다놓았다. 가운데 부분의 가죽이 조금 찢어져 나달거리지만 그런대로 쓸 만하다. 냉장고,

소파에 이어 저커는 티브이도 하나 주워왔다. 지금까지 주워온 물건 중에 고장 난 것은 하나도 없었다. 쓰레기 수거 딱지가 붙어 있는 물건들도 주워오면 그만이었다. 딱지가 붙기 전 주워오면 경비가 반색을 했다. 처리비용을 맡아둔 경비로서는 당연한 일이다. 그럴 테지. 경비나 해볼까. 민용이 소파에서 벌떡 일어나자 살이 가죽에 들러붙었다 떨어지는 소리가 쩍, 하고 난다.

구직 사이트에 접속해서 경비업체를 살핀다. 아파트 경비 용역업체에서는 오십대나 육십대를 원한다. 너무 젊어서 자격이 안 되는 경우는 처음이다. 민용은 뿌듯해졌다가 가파르게 풀이 죽는다. 빌딩 경비업체들은 사정이 다르다. 연령 역차별이 없다. 순차별은 있지만. 정규직을 채용하는 곳도 있고 계약직을 채용하는 곳도 있다. 계약직이란 항목이 목에 걸린다. 정규직으로 전환해줄 리가 없다. 때가 되면 쫓겨나는 수밖에 방법이 없을 것이다. 그리고 또 구직 사이트를 뒤지게 되겠지. 경비업무 교육 이수자 우대라는 문구가 눈에 띈다. 별 스펙이 다 필요한 세상이다. 민용은 시무룩해져서 우두커니 앉아있다. 그새 거세진 빗줄기는 이제 창을 뚫을 기세다.

비올 땐 라면이지, 중얼거리며 물을 올리는데 연후가 들어온다. 흠뻑 젖은 차림에 동작은 굼뜨다.

"뭔 일 있냐? 일찍 왔네?"

"뭔 일 좀 있으면 좋겠네."

연후가 이렇게 심드렁하게 대답하는 경우는 없었다. 너무 까분다 싶을 정도로 발랄함, 쾌활함이 뿜어져나오는 녀석인데. 그래서 어떤 때는 아슬아슬했는데.

연후는 가방을 획 던지고 소파 위에 엎어져 티브이를 켠다.

"옷부터 갈아입……"

"아, 역시 소파가 있어야 해. 그래야 집이지. 침대 없인 살아도 소파 없인 못 살겠더라고."

언제 그랬냐는 듯 말투가 돌아온다. 긴장되던 마음이 순식간에 평온해진 게 민용은 신기하다. 이런 게 식구인가. 말 한마디, 얼굴 표정 하나에도 마음이 가고 신경이 쓰이는 것. 갑자기 갈비뼈 부근이 뻐근해진다. 소파야 좀 젖을 수도 있지. 닦으면 그만이지. 민용은 라면 냄비에 물을 더 붓는다.

"저 정도면 혼자 살아도 돼. 다 있잖아."

혼자 사는 남자 연예인들의 일상을 그들의 어머니와 함께 엿보며 혀를 차거나, 포복절도하는 프로그램이다. 출연자 중 가장 작은 집에 사는 영화배우가 작동이 안 되는 전기밥솥에 말을 걸고 있다. 나이는 마흔이 훌쩍 넘었다.

"여자가 없잖냐."

"옵션이지. 필수는 돈과 직업이라고."

"우리는 왜 아무도 여친이 없는 걸까……."

연후가 벌떡 일어나 앉으며 대답한다.

"형! 옵션이라니까! 옵션 몰라?"

"안다. 옵션."

"형! 차 사 본 적 없지? 차 살 때 말야. 옵션이 줄줄이 있거든. 그게 일단 차를 사야 추가하든 말든 하는 거잖아. 그러니까 돈과 직업이 차고 여자는 옵션. 옵션이 하나만 있는 게 아닌 건 알지?"

연후가 킥킥거리며 젖은 티셔츠를 벗어 바닥에 던진다.

"음, 아니다, 형. 돈이 많으면 직업은 없어도 되겠다. 직업도 옵션."

그렇게 덧붙이고 소파에 드러누워 에어컨을 향해 입을 아벌린다.

"아아아아, 시원하다. 습해서 그런지 불쾌지수가 높아. 그치, 유로야아아아."

연후가 등받이 위의 유로를 쓰다듬는다. 시원하다는 말에 뜨끔해진 민용이 얼른 변명한다.

"방금 켰다. 혼자 있을 때는 안 켠다."

"형, 그렇게 살지 마아아아아……."

"진짜다. 너무 습해서 켰다. 조금 전에."

민용은 거짓말한 걸로 오해받고 싶지 않아 정색을 한다. 목소리가 왜 비굴해지는지 모르겠다.

"그냥 켜. 더워 죽겠는데 뭘 참고 그래."

"전기요금은. 너는 그렇게 말해도……."

시무룩해진 민용이 라면 봉지를 뜯어 면과 스프를 끓는 물에 집어넣는다.

"형, 또 스프 미리 안 넣었지?"

왜 그래야 하는지 민용은 모르겠다. 스프를 먼저 넣어본 적이 없어서 그런지 별 차이가 있을 것 같지 않다.

"네가 끓이든가."

"꼬들꼬들하게. 퍼진 건 싫어."

"김치나 꺼내."

연후가 시적시적 일어나 찬기를 꺼내고 빈 그릇 두 개와 젓가락을 상에 놓는다.

"근데…… 저커 말야……."

연후가 라면 한 젓갈을 후루룩 삼킨 다음 중요한 이야기라는 듯 말한다.

"어?"

"빡빡해……."

민용도 그렇게 느낀다. 전기요금 때문에 에어컨을 못 켜고 있을 때 떠오르는 사람은 연후가 아니라 저커다.

"초년고생이 많아서 그런 거다."

"솔직히 그 녀석 눈치 보여서 에어컨도 못 켠 거잖아. 저게 왜 있냐! 더울 때 켜라고 있는 거야. 그게 쟤의 존재 이유라고!"

연후가 젓가락으로 에어컨 쪽을 찌른다.

"존재 이유가 확실한 사람한테나 먹히는 말이다. 우리한테 먹히는 건 라면이고. 불어."

민용은 면발을 크게 한 젓갈 떠서 입에 욱여넣고 뜨거운 김을 훅훅 뱉어낸다.

"관리비 고지서 그렇게 꼼꼼하게 따지는 사람은 처음 봤어. 작년 동월, 전월, 동일 평형 평균치랑 비교하면서. 그런 항목 있는 줄 나는 처음 알았다고."

민용도 처음이었다. 그런 걸 비교해놓은 수치도 처음, 관리비 고지서라는 걸 본 것도 처음, 아파트 관리비를 내본 것도 처음이었다. 아파트 관리비란 게 막연히 생각했던 것보다 훨씬 큰 액수여서 첫 달에 이미 놀랄 만큼 놀랐다.

"암튼 무서운 놈……."

연후가 젓가락으로 면발을 건져올리다 말고 멈춘다. 조금 전부터 집 안이 점점 어두워진다 싶더니 연후 얼굴이 어느새 누렇다. 흰 벽지가 발라진 벽도 누렇다. 둘은 이게 무슨 일이냐는 표정으로 멀뚱멀뚱한다. 똑. 라면 냄비에 물이 떨어진다. 똑똑 또독 또도독 또도도독. 둘은 동시에 천장을 올려다본다. 유리로 된 사각 등갓에 흙탕물이 가득하다. 이음매를 따라 흘러내린 물이 모서리에서 냄비로 떨어지는 중이다. 연후가 젓가락을 내던진다.

"아, 시발, 좆됐네."

민용이 얼떨떨해하는 사이 연후가 번개처럼 현관으로 튀어가 벽에 붙은 누전차단기를 내린다. 어둑해진 실내는 조도가 낮은 노란 등을 켜놓은 것 같다. 라면이, 라면이 반 넘게 남았는데. 라면이 문제가 아니지만, 그래도, 라면이 너무 많이 남았는데. 민용은 약간 얼빠진 상태가 되어 라면에 꽂힌 시선을 거두지 못한다. 연후가 개수대에 라면 냄비를 가차 없이 처박을 때까지.

"받칠 거…… 받칠 거……."

연후가 싱크대 문짝을 죄다 열어젖힌다. 빗물을 받을 만한 용량의 냄비나 그릇은 없다. 연후는 냉장고를 열어 맨 아래 야채 칸 서랍을 빼낸다. 날렵하기도 하고 듬직하기도 하다. 연후가 빼낸 서랍을 등 아래에 받쳐놓고 두리번거린다. 이번에는 민용도 금방 알아챈다. 의자. 의자가 있어야 흙탕물이 뚝뚝 떨어지는 등잣을 분해할 수 있다. 안타깝게도 집에 의자는 없다. 민용은 자신이 뭘 해야 하는지 퍼뜩 깨닫고 서랍 옆에 잽싸게 엎드린다. 팔과 다리를 어깨 넓이로 벌리고 손목에 힘을 준다. 연후가 머뭇거리는 사이에도 물은 계속 떨어진다.

"빨리!"

민용이 소리를 지르자 연후가 올라선다. 주르륵. 한쪽 나사를 조금 풀어내자마자 빗물이 쏟아진다. 등과 엉덩이가 흠뻑 젖는다. 민용은 떼어낸 갓을 베란다에 내놓은 다음 바닥에 튄 빗물을 닦는다.

"저것 좀 봐!"

연후가 불룩하게 내려앉은 천장을 걱정스럽게 가리킨다. 빗물을 버리고 서랍을 다시 받쳐놓은 연후가 그 아래에 엎드린다.

"그럴 거 없다. 키 큰 사람이 해야지."

민용이 연후를 몸으로 밀어낸다. 연후는 미안한 기색으로 민용의 등을 밟고 서서 물이 새는 곳을 칼로 조금 더 찢은 후 늘어진 도배지를 가장자리에서부터 훑는다. 고여 있던 물이 전선을 타고 줄줄 빠져나온다.

"어떡하지?"

빗줄기는 여전히 세차다. 연후가 관리사무소에 전화를 한다.

"그럼 어떡하라고요. 촛불 켜고 지내라구요? 아니, 불도 불이지만 다른 건요. 아무것도 안 되잖아요. 아니, 죄송하다고 만 하지 마시구요……."

전화기에서 말소리가 계속 새어나온 끝에 네, 네, 하고 전화를 끊은 연후가 전화기를 소파에 팽개친다.

"뭐래?"

"그러니까 재건축하는 거 아니냐고 그런다. 참, 나."

서랍에 떨어진 빗물이 바닥으로 튄다. 거실은 온통 흙탕물에 어둡고 습하고 덥다.

"비나 그쳐야 살펴볼 수 있대. 올해는 옥상 방수를 안 했대. 비닐이라도 덮어주겠지."

"우리 집만 새는 건가?"

"모르지. 근데 옥상에서 스며든 빗물이 천장이 제일 낮은 곳으로 모인대."

"그럼 우리집이 제일 낮다는 거잖아."

말없이 천장을 살피던 연후는 여기다, 하며 한 곳을 가리킨다.

"여기가 제일 늘어졌지?"

민용의 눈에도 그렇다.

"바늘이랑 실이 필요한데."

그런 건 쓰레기장에 나오지 않는다. 민용이 눈만 멀뚱거리자 연후가 집 안을 둘러보다 구석에 놓인 낚싯대를 발견하고 흡족한 미소를 띤다.

"어쩌려고?"

연후가 칼을 가져와 늘어진 도배지의 가장 낮은 지점을 십자로 찢는다. 흙탕물이 주르륵 떨어진다. 민용이 잽싸게 서랍을 이쪽으로 옮긴다. 저쪽은 똑똑, 이쪽은 주르륵, 두 군데서 동시에 떨어진다.

"이런 걸 퍼커션이라고 하는 거지."

"퍽 뭐? 욕했냐, 지금?"

민용이 냄비의 라면을 쏟고 한쪽에 받친다. 빗물이 빈 냄비를 치는 소리가 주르륵 떨어지는 물소리에 섞여들어 리듬을 만들어낸다.

"들어봐. 타악기 소리 같지 않아?"

연후가 건들거리기 시작한다. 북치기 박치기 북박북. 붑 처커 붑 처커 붑 붑 처커. 연후야말로 진정한 낙천주의자 또는 긍정주의자인가보다. 야, 야, 비 샌다고! 이게 멈출 방법이 없다고! 아파트에서 이게 무슨 말도 안 되는 꼴이냐! 전기도 못 쓰고 좆됐다고! 이렇게 투덜거리려다 어느새 무릎을 굽혀가며 손가락으로 허공을 찌르고 있는 자신을 발견하고 민용은 낄낄거린다.

비트박스 실력이 제법이다. 클럽에서 좀 놀아봤다던 말이 뻥은 아닌 거지. 민용은 조금쯤 감탄하면서 연후가 만들어내는 비트에 맞춰 허우적댄다. 물이 흥건한 바닥에 미끄러져 철퍼덕 넘어질 때까지.

"그걸 또 넘어지냐!"

연후가 비웃는다.

"쉬는 거다. 형이 너랑 같냐! 너도 서른 넘어봐!"

"형, 냉장고에서 서랍 하나 더 꺼내봐."

연후가 라면 냄비를 가리킨다. 민용은 고분고분 서랍을 빼와 냄비와 교체한다. 연후의 말이라면 이상하게 고분고분해진다. 연후는 민용보다 똑똑한 구석이 있고 특히 현실 감각에 출중한 데가 있다. 그건 물론 객관적 기준이 아니라 민용의 기준이다. 그러니까 절대우위가 아니라 비교우위. 우와, 그런 전문어가 떠오르다니! 민용은 우쭐해진다.

도배지에 고인 물이 거의 다 빠져나왔다. 주르륵에서 졸졸, 그러다가 똑똑. 리듬이 점점 느려진다. 연후는 때가 되었다는 듯 낚싯대를 들고 높이를 가늠한다.

"오, 훌륭해, 훌륭해!"

연후는 낚싯대에 달린 비닐봉지를 가늘게 말아 십자 틈새로 쑤셔넣는다. 소파 등받이에서 웅크린 채 식빵을 굽고 있던 유로가 쪼르르 달려와 구멍 사이로 사라져가는 비닐봉지를 향해 앞발을 뻗으며 뛰어오른다. 의아해진 눈길로 연후가 하는 양을 지켜보던 민용은 유로가 뛰어오를 때마다 안타까워 어쩔 줄 모른다. 유로, 미안. 잠깐만 빌릴게. 낚싯대는 구멍에 대롱대롱 매달린 모양새다. 유로는 이제 비닐봉지를 포기했는지 낚싯대를 발로 툭툭 건드려본다.

"바닥이나 닦자. 또 넘어지기 싫으면."

민용은 이번에도 역시 고분고분한 태도로 걸레를 가져와 바닥을 훔친다. 연후는 팔짱을 끼고 낚싯대를 지켜본다. 물방울이 천장에서부터 낚싯대를 타고 내려와 받쳐놓은 서랍 안으로 떨어진다.

"이야, 천재데?"

민용의 감탄은 순도가 매우 높다.

"이제 알았냐?"

둘은 소파에 나란히 기대앉아 떨어지는 물방울을 하염없이 바라본다. 비는 그치지 않고 어둠은 순도가 높아진다.

*

다이아몬드 온천은 여전하다. 예전에 비하면 낡은 느낌이지만 그다지 달라진 건 없어 보인다. 수능을 보고 나서 한창 몰려다니던 때 이후로 처음이다. 얼굴은 벌겋고 술 냄새는 팍팍 나고 더 마시는 건 무리고 집에는 가기 싫고. 그럴 때 친구들과 어울려서 몇 번 온 게 벌써 9년 전이다. 별로 다시 오고 싶지 않은 곳이지만 어쩔 수 없다. 천재지변이니까. 천재지변에는 모든 것이 용서되잖아, 원래. 정전이 된 집에서 할 수 있는 일은 아무것도 없었다. 전화기를 갖고 빈둥거리다 보니 배터리가 바닥났고 충전을 할 수 없다는 사실은 공포에 가까웠다. 우리 거기나 가보자. 어떻게 알았는지 민용이 잡아끌어서 오게 됐다. 하긴 여기보다 나은 곳도 없다. 먹고 자고 씻고 티브이도 보고 게임도 하고 뭐든 다 되는 공간이니까. 한 가지 마음에 걸리는 점이라면 아는 사람, 특히 동네 아줌마들을 만날 수도 있다는 건데 그거야 남녀 공용 구역인 위층에만 가지 않으면 될 테고.

둘은 4층에서 옷과 수건을 받아 3층으로 내려온다. 베개를 두 개씩 확보하고 한쪽 벽으로 가 비스듬히 기댄다. 시원하다. 민용은 이렇게 엄청난 규모는 처음 본다며 촌티를 내고 있다.

"형, 여기가 온천이잖아. 그래봐야 찜질방이지만."

"언제까지 있냐?"

"전기 될 때까지."

"저절로 되냐? 차단기 내리고 왔는데."

"내 말이."

"우리 애기 혼자 두고 왔는데 큰일이다, 어두워서."

민용은 유로를 자꾸 애기라고 부른다. 연후는 그럴 때마다 간질거려서 민용 모르게 발가락을 꼬부리고 힘을 꽉 준다.

"오늘 밤은 여기서 뭉개자고. 고양이는 원래 어두운 데서도 잘 지내."

연후가 잠이라도 잘 태세로 자세를 더욱 낮추며 중얼거린다.

"이링공뎌링공하야 바므란 디내와손뎌 전기도 안 들어오는 나즈란 또 엇디호리라."

"야, 그걸 어떻게 외우냐?"

"몰라. 막 나오고 그래."

"영 돌은 아닌가보다."

"형, 솔직히 내가 돌은 아니다?"

"그럼 좀 붙어봐라."

"내가 마음만 잡으면 9급은 일도 아니지."

"좀 잡아보든가."

"그러려고 했지."

"그런 놈이 그 시간에 들어오냐?"

연후는 오후에 있었던 일을 떠올린다. 오랜만에 마음잡고 자습실에 갔다. 졸릴까봐 아이스 아메리카노를 한 잔 사들고. 간만에 마음을 굳게 먹고 자리에 앉았는데 말이다. 그 일만 아니라면 진도 팍팍 뽑으면서 자습실에 있었을 텐데.

"형, 노량진 아아가 얼만지 알지?"

"천오백 원?"

"그건 삼거리 이쪽이고. 저쪽은 천 원이야."

"뭐? 그걸 왜 이제 말해?"

민용이 억울해 죽겠다는 표정을 짓는다.

"근데?"

이번에는 궁금해 죽겠다는 표정이다.

연후는 소리 나지 않게 조심해가면서 커피를 마셨다. 공시생들은 얼음 부딪히는 소리나 빨대를 빼는 소리에도 예민하다. 소음 때문에 시비가 붙는 광경을 목격한 적도 있어서 연후는 최대한 숨소리를 죽였고 책장 넘기는 소리에도 세심하게 신경을 썼다. 그게 자습실 기본 예의였다. 화장실에 다녀와서 보니 자리에 포스트잇이 한 장 붙어 있었다.

다른 사람 기분도 생각해주세요. 테이크아웃 커피를 자습실에 들고 와서 마시면 못 마시는 사람은 상대적 박탈감에 시달립니다. 조심해주세요.

"형, 내가 그 포스트잇 몇 번이나 다시 봤는지 몰라."

민용은 어려운 수학 문제를 앞에 둔 사람처럼 눈을 끔뻑거린다. 포스트잇의 주인이 누군지 알 수 없었지만, 안다 해도 별 의미도 없었겠지만, 연후는 어이가 없었다가, 그다음엔 화가 났다가, 마지막으로 우울해졌다.

"너무한 거 아냐? 커피 한 잔도 내 맘대로 못 마셔?"

"그게……."

민용은 말을 잇지 못한다.

"그 새끼 누군지 모르겠지만 말야. 노량진에서 아아 마시는 사람이 나뿐이냐고. 그게 천 원이라고, 천 원! 내가 스벅이나 투썸이나 뭐 그런 데서 오천 원짜리 커피를 사들고 간 게 아니라고! 그리고! 설사 내가 스벅이나 투썸 커피를 마셨어도 그렇지! 내 맘이지! 그걸 마시라 마라 할 권리가 있는 거야?"

한바탕 쏟아낸 연후가 손톱을 입으로 가져간다.

"한 잔 사줄게, 올라가자."

민용이 일어나면서 연후의 팔을 잡아당긴다.

"됐거든! 내가 지금 커피 못 마셔서 이러는 거 아니거든!"

"암튼 올라가자. 위층에 뭐 많다며? 구경도 할 겸."

민용이 선 채로 주변을 휘휘 둘러보며 재촉한다. 연후는 이러지도 저러지도 못하고 천장만 올려다본다. 조명 때문에 눈이 부시다. 물은 왜 새서 이 꼴이람.

"입장료가 얼만데 여기만 있으면 아깝다."

민용이 진심으로 아까워하는 게 눈에 보여서 연후는 더 뻗대지 못하고 일어난다.

4층도 예전과 똑같다. 가짜 다이아몬드가 빽빽하게 박힌 피라미드 찜질방이 있고 맥반석 찜질방, 스포츠 마사지실이 있고 닥터 피시가 헤엄쳐다니는 족욕 코너와 PC방도 그대로다.

"실컷 마셔. 한 잔 더 사줄까?"

민용이 컵을 내밀며 말한다. 눈길은 자꾸 넓은 공간 여기저기를 뒤진다. 뭐 그렇게까지 신기하냐고, 찜질방 처음 오냐고 하려다 개장했을 때 온 동네에 제법 화제가 됐던 기억이 떠올라 연후는 잠자코 빨대를 문다. 민용은 살얼음이 동동 뜬 식혜를 마셔가며 구석진 곳까지 기웃거린다.

"여기를 들어가야 온 보람이 있는 거야."

연후가 피라미드 안으로 민용을 데리고 들어간다. 출입문이 작아 둘은 허리를 깊이 숙인다.

"어? 닌자?"

늙수그레한 남자가 히죽 웃는다. 연후는 주변을 돌아본다. 새로 들어온 사람은 분명 민용과 자신뿐이다. 그런데 민용이 반갑게 알은체를 한다. 여기서 아는 사람을 만나다니. 아니, 이 동네에 아는 사람이 있었다니. 그런데 지금 뭐라고 부른 거야?

*

한 팀만 끝나면 문을 닫을 수 있다. 둘이서 벌써 네 시간째 다. 시시껄렁한 이야기에 상스러운 욕을 섞어가며. 그렇게 재미있나, 그렇게 시간이 남아도나. 저커는 당구장 알바로 돈을 벌긴 하지만 당구장에서 죽치는 치들을 얼마쯤 업신여기는 경향이 있다. 저 시간과 저 기운을 아깝게 낭비하다니. 그러다 곧바로 부러워진다. 자신은 아무리 돈을 아끼고 몸을 사려도 당구 같은 것에 쓸 돈도 에너지도 없다. 솔직히 부럽기로는 연후가 제일이다. 당구장 손님들이야 어차피 아는 사람도 아니고, 속사정은 더욱 알 수 없는 사람들이다. 연후는 다르다. 같이 살면서 얼마간 겪어본 결과 자신과는 태생부터 다름을 알게 되었다. 얼마나 잘살아야 금수저라 하는지 잘 모르겠지만 연후 정도면 못해도 은수저 정도는 되지 않을까, 하는 생각이 들면 상대적 박탈감과 이어서 오는 절망감에 사로잡힌다.

개강이 며칠 남지 않았다. 저커는 복학을 포기했다. 모아둔 돈을 보증금으로 내버렸기 때문이다. 학교에 다니지 않고 지금부터 바짝 모은다면 두 학기 등록금은 걱정하지 않아도 될 테니 차라리 잘된 일인지도 모른다. 그런데 예상보다 지출이 커졌다. 월세와 생활비, 관리비가 만만치 않다. 게다가 전에 없던 교통비까지. 저커는 머릿속으로 계산기를 두드리면서도 후회하지는 않는다. 기회는 준비된 자에게만 온다는 말이 맞다. 우연히 아파트 이야기를 들었을 때 다행히도 보증금이 있었다. 그런데 더 무슨 준비가 필요했나를 생각해보면 떠오르는 게 없다. 준비라는 건 결국 돈이었나. 여기까지 생각이 닿자 씁쓸해진다. 저커는 이런 일련의 복기와 계산을 거의 매일 한다. 언제나 같은 내용, 같은 결론인데도. 문득 정신을 차려보면 큐대를 휘두르는 눈앞의 인간들과 자신이 똑같이 한심해 보이고, 또 조금 있으면, 저들은 취향이나 취미라도 있지 않나 해서, 그런 것도 없이 노동과 계산만 있는 자신이 더 형편없는 인간으로 여겨진다. 그러면 또 연후가 떠오르고, 많이 부럽고, 좀 화가 나고. 화는 누구에게 나는 건지 모르겠지만 어쨌거나 연후 형에게는 아니야, 하며 고개를 한번 흔들고.

당구장에서의 시간은 그런 식으로 흐른다.

"썹새끼! 죽고 싶냐!"

갑자기 분위기가 험해진다. 이제 조금만 더 버티면 되는데.

"맞았어!"

"이게? 누굴 호구로 알어!"

"칠 때 제대로 봐야지. 아, 눈깔은 폼으로 찢어났나! 어디 더 찢어줘?"

반바지 사내가 큐대를 거꾸로 잡는다. 이런 일은 처음이다. 장난을 과하게 치는 경우는 있었어도 이렇게까지 험악한 분위기로 간 적은 없었다. 사내의 눈빛이 섬뜩하다.

"이 씨팔놈이!"

민소매를 입은 사내가 대번에 당구대 위로 올라가서 큐대 잡은 치의 턱을 찬다. 빠르다. 저커는 멍해진다. 마치 액션영화의 한 장면을 보는 것 같아 실감이 나지 않는다. 넘어지면서도 큐대를 놓지 않은 반바지가 오뚝이처럼 일어난다. 큐대로 허공을 가르자 위압적인 바람 소리가 따라붙는다. 당구대 위의 민소매가 큐대를 가볍게 피하면서 상대를 찬다. 픽, 소리와 함께 반바지가 나동그라진다. 민소매는 쓰러진 반바지를 겨냥해 뛰어내린다. 반바지가 몸을 추스를 틈을 주지 않고 두어 번 더 배를 차고 머리를 밟는다. 계산대 밖으로 한 발 나온 저커는 말릴 엄두가 나지 않아 그 자리에 얼어붙는다. 민소매의 동작은 아마추어 같지가 않다. 이런 광경을 실제로 보게 될 줄이야. 민소매가 당구대 위에 침을 탁 뱉고는 유유히 사라진다. 저커는 어떻게 해야 할지 몰라 어정쩡하게 서 있다.

"갔냐? 씨팔!"

기절한 듯 꼼짝 않던 반바지가 일어나 앉더니 목과 어깨를 움직여본다. 찢어졌는지 눈두덩 위쪽에서 피가 흐르고 순식간에 부풀어오른다. 저커가 얼른 벽에 걸린 두루마리 휴지를 뜯어 건넨다. 반바지는 휴지를 받아 얼굴을 닦더니 가래침을 칵 뱉는다. 또 당구대 위다. 저커는 휴지로 당구대 위를 재빨리 닦는다. 반바지는 비틀거리며 문으로 향하고 저커가 그 뒤를 따른다.

"네 시간입니……."

반바지가 일그러진 얼굴로 웃으려다 찡그린다. 너 지금 장난하냐, 아님 죽고 싶냐,라는 표정으로 이해한 저커는 말끝을 흐리고 손에 들린 휴지를 내려다본다. 경찰을 부를까 하는 고민이 그제야 시작된다. 머뭇거리는 사이 반바지는 계단 아래로 사라지고 내뱉은 욕이 찌꺼기처럼 저커의 귀에 남는다.

사장에게 알려야 하나……. 저커는 갈피를 잡지 못한다. 계산대에는 네 시간의 기록이 남을 텐데 그걸 지워야 하나. 지우다 뭐가 잘못되면 더 큰일 아닐까. 사장이 그런 식으로 돈을 빼돌렸다고 오해할 수도 있을 텐데. 내일 사정을 설명해야 하나. 저커는 고민에 잠겨 얼룩을 지운다. 세제를 살짝 묻히고 부직포로 꼼꼼하게 문질러 닦아내보지만 피 섞인 얼룩은 좀처럼 없어지지 않는다. 저커는 포기하고 당구장을 나선다. 막차를 타야 한다.

환승역에 내린 사람들은 에스컬레이터를 뛰어내려간다. 모두들 막차에 목숨이라도 걸 기세다. 지금 들어오는 저 열차 여기서 뛰어도 못 탑니다. 제가 해봤어요. 에스컬레이터 옆 벽면에 그런 문구가 붙어 있다. 그래도 뛴다. 주변에서 우르르 뛰기 시작하면 덩달아 뛰지 않을 수가 없다. 다들 참 늦게까지 다니는구나. 무슨 일을 하며 살고 있을까? 정규직? 계약직? 알바생? 어떤 집에 살고 있을까? 자가? 전세? 월세?

엘리베이터에서 치킨 냄새가 난다. 자주 그렇다. 누군가 가족에게 먹이려고 포장해서 가는 길인가보다. 저녁이 있는 사람들이겠지. 적어도 매일 밤 자정을 넘겨 귀가하는 사람은 아니겠지. 아니다. 저커도 최근에는 가끔 치킨을 먹었다. 퇴근해보면 둘이 먹고 남겨둔 배달 치킨이 몇 조각 있었다. 생활비가 축나는 건 아니다. 민용이 사거나 연후가 사는 거니까. 저커는 그래서 편히 먹지 못한다. 이런 일이 잦아지면 언젠가 한 번은 사야 한다.

찜질방으로 오라는 메시지를 받고 저커는 거절했다. 잠만 자면 된다. 어두워도 괜찮다. 유로가 잘 있는지만 보고 바로 잘 요량으로 저커는 문을 연다. 실내는 환하다. 거실등 대신 부엌등이 켜져 있다. 아까 복도에 새어나온 불빛이 그럼 다른 집이 아니었던가. 그런데 집 안 공기가 다르다. 어딘가 들뜨고 꽉 찬 느낌. 낯설다.

"왔어?"

민용은 목소리까지 벌겋게 달아올랐다.

"수고했어, 저커! 기다렸어, 저커! 어서 와서 먹어! 시원하게 마셔! 붐 저커, 붐 저커! 붐 붐 붐 저커!"

연후가 랩을 하며 일어난다. 얼떨떨해진 저커가 거실로 올라서자 연후는 화려한 몸동작으로 저커의 주위를 빙글빙글 돈다. 연후 형은 참 랩도 잘하네. 라임도 딱딱 맞고. 하지만 지금은 이럴 기분이 아니야. 저커는 연후에게 잡힌 손을 슬그머니 뺀다. 그런데.

"이리 와 앉아. 한잔해. 인사도 드리고."

민용이 맞은편에 앉은 아저씨를 눈짓으로 가리키며 말한다. 아버진가? 설마. 민용 형은 아버지가 없고, 아니, 없는 건 아닌데 어쨌든 없는 거나 마찬가지라고 했고, 연후 형은 여기 사는 게 집에는 비밀이라고 했다. 누굴까? 저커는 주춤주춤 가서 앉으려다 틱, 이마를 부딪힌다. 낚싯대가 천장에 매달려 있고 바닥에는 냉장고에서 빼낸 플라스틱 서랍이 놓여 있다. 등이 달렸던 자리에는 절연 테이프로 마감된 전선만 삐죽 튀어나온 상태다. 그 옆으로 기다란 실이 늘어져 있는데 실은 낚싯대와 마찬가지로 냉장고 서랍으로 들어가 있다. 세 사람은 그 두 개의 장애물을 피해 앉아 있고, 그 옆으로 쓰러져 있는 맥주 페트병 몇 개가 보인다.

"아저씨 덕분에 전기 된다. 새는 건 보시다시피."

"날이 뜨거우니까 금방 마를걸? 그럼 등도 다시 달고."

민용의 설명에 아저씨가 자신감에 차서 말한다. 저커는 낯선 아저씨에게 자리를 뺏기고 손님으로 밀려난 것 같아 기분이 묘하다. 새삼스러울 건 없다. 연후와 민용은 원래부터 알던 사이인데다 죽이 잘 맞아서 늦게 합류한 자신은 어떻게 해도 곁도는 느낌이 있었다. 게다가 아침 일찍 나갔다가 밤늦게 들어오는 일과 탓에 정이 붙을 물리적 시간도 부족했다. 이제 처음 보는 영감탱이까지 뭉쳐 3:1의 구도가 된 건가.

"그럼 즐거운 시간 되십시오. 저는 좀 피곤해서 말입니다."

말해놓고 보니 우습다. 웨이터도 아니고. 아저씨와 민용이 술김에도 뜨악해하는 사이 연후가 팔을 잡아끌어 앉힌다.

"그러니까 마시고 피로를 쫙 풀어야지. 고기도 좀 먹고."

연후의 사교성은 어디가 끝인가, 궁금할 때가 있다. 결핍 없이 성장한 사람만이 획득할 수 있는 스스럼없음. 그런 건 노력으로 가질 수 있는 게 아니다. 부럽다.

"형, 고기는 소나 돼지에나 붙이는 단어지 말입니다. 하다

못해 오리라든가 말입니다. 닭은 그냥 치킨입니다. 삼계탕 아
니면 치킨. 아닙니까?"

연후가 히죽 웃고 민용도 따라 웃는다. 아저씨가 너털웃음
을 웃으며 한마디 덧붙인다.

"닭도리탕도 있네만."

아, 닭도리탕! 저커는 허를 찔린 느낌이지만 한편으론 뾰
족했던 마음이 갑자기 누그러진다. 브레이크 풀린 차가 슬슬
미끄러지듯 다가가 한 자리를 차지한다. 어쨌거나 공짜 치킨
에 공짜 맥주, 게다가 전기도 살려놨다니 마다하기도 멋쩍고,
퇴근 전의 일을 술로 잊어버리고 싶기도 하다. 민용과 이안이
술친구가 된 사연과 다이아몬드 온천에서 만난 이야기가 무
용담처럼 풀려나오고 저커는 오랜만에 취한다.

"전에 아파트 전체가 정전이 됐는데 말야."

연후가 문득 생각났다는 듯 이야기한다.

"치킨을 시켰거든? 그때 우리 집이 10층이었어요. 나 고딩
때니까 여기 말고 103동. 배달 알바가 못 올라오겠다는 거야.
1층으로 내려오래. 그러겠다고 했지. 안 갖다주겠다는데 어
떡해요. 근데 내려가기 싫은 거야. 어떻게 올라와. 그래서 안
내려갔다? 전화가 왔어요. 그럼 딱 5층과 6층 사이에서 만나
재. 그런다고 했지. 내가 어쨌게요? 결국 알바가 10층까지 왔
어. 울려고 그러더라. 몇 시간째 계단을 오르내렸다는 거야."

술잔을 쥔 저커의 손에 힘이 들어간다.

"너무한 거 아닙니까?"

"뭐……."

연후가 얼버무린다.

"더한 일도 많아. 몸으로 때우는 건 그나마 낫지."

"몸으로 때우는 거 해보셨습니까?"

저커가 이안을 똑바로 보면서 묻는다. 이안은 씁쓸한 표정으로 잔을 잡는다. 민용이 잔을 채워준다. 저커는 뇌의 어딘가 툭 터지는 느낌이다. 뇌가 아니라 심장인가. 말없이 술잔을 비운다. 연후와 자신과의 교집합은 이 공간이 전부인가. 민용과는, 또 이 낯선 아저씨와는. 저커는 빈 잔을 채우고 채운 잔을 또 비운다.

팔을 뻗어 전화기를 본다. 출근 시간이 지났다. 메시지가 몇 개 들어와 있고 부재중 전화도 여러 번이다. 야간 알바생으로부터다. 방문은 열린 채고 거실에는 민용과 이안이 벗어놓은 티셔츠처럼 널브러져 있다. 연후는 작은방에 있겠지. 저커는 힘겹게 일어나 앉는다. 이 정도면 양호한 편이다. 전처럼 오픈조라면 대형 사고다. 편의점은 얼마 전 다시 24시간 영업체제로 바뀌었다. 근처의 다른 편의점이 24시간 영업을 포기한 후였다. 그렇다 해도 24시간 영업은 인건비 때문에 무리가 아닐까 했지만 사장의 속마음이야 알 도리가 없다.

급한 마음으로 택시를 탄다. 속이 울렁거리고 머리가 뻐개지는 것 같다. 갑자기 입안 가득 신 침이 고인다. 별수 없이 중간에 차를 세운다. 노량진까지 안 가고? 택시기사가 화를 낸다. 왜 화를 내느냐고 따지고 싶지만 사태가 다급해져 입을 열 수 없다. 내리자마자 천변 난간에 매달려 구역질을 한다. 찔끔 맺힌 눈물을 닦으며 주변을 둘러보니 고층 아파트가 빼곡하다. 저게 우리나라에서 제일 비싼 아파트라는 이야기를 어디선가 본 기억이 난다.

다시 택시를 타려고 인도 가장자리에 선다. 빈 택시가 없다. 10분을 넘게 기다리는데도 오지 않는다. 서둘러 카카오 택시 앱을 깔고 택시를 부른다. 가능한 택시가 없다는 알림이 뜬다. 야간 알바생이 아직 멀었느냐는 메시지를 보내온다. 간다고! 지금 가고 있다고! 저커는 소리를 지른다. 듣는 사람이 없다. 그러니까 이곳은 걸어다니는 사람이 없는 곳이고 하필 내린 지점은 천변으로, 상가도 버스 정류장도 없는 곳이다. 뒤쪽에서 지하차도가 끝나고 앞쪽에서 고가도로가 시작되는 곳. 이런 곳에 빈 택시가 온다는 건 연금복권이 맞는 것보다 조금 쉬우려나. 그제야 택시기사가 화를 낸 이유를 깨닫는다. 빈 택시만 없는 구간이 아니라 택시를 잡아타는 사람도 없는 구간이다.

"한 시간 사십 분이니까 두 시간으로 계산할게요."

야간 알바생은 저커가 문을 열고 들어섬과 동시에 그 말만 남기고 뛰쳐나갔다. 교대에 늦는 건 죄악이다. 이십 분 날아가는 건 당연히 저커가 감수해야 할 몫이다.

배송 점착 시간이 지났지만 목록 대조와 진열은 손도 대지 않았고, 청소도 당연히 되어 있지 않다. 자기로서는 저커의 업무를 대신해줄 이유가 없으며 올 때까지 자리를 지킨 것만으로도 감사하라는 시위다. 안다. 그게 당연하다는 걸. 하지만 말이다. 가끔은 나도 예상치 못한 호의를 한 번쯤 누리면 안 되나. 오늘같이 몸도 마음도 엉망인 날에는 좀 그러면 안 되나. 뱃속 저 아래서부터 주먹만 한 게 울컥 치밀어오른다. 어떤 서러움이라고 생각했는데 그 서러움이 왈칵 솟구쳐 편의점 바닥에 쏟아진다. 매끈한 바닥에 쏟아진 토사물은 넓게 퍼진다. 냄새는 면적에 비할 바가 아니다. 3차원적으로 편의점 내부를 균일하게 메우고 구석구석에 박힌다.

냄새 때문에 또 토할 것 같은 긴박감 속에서 비닐봉지에 토사물을 쓸어담는다. 쪼그려 앉은 자세로 숨을 참으며 쓸어 모은 토사물 위로 눈물이 뚝 떨어진다. 그래, 계단을 오르는 건 내 일이지. 호의에 기댄 삶을 바란 적은 없지만 그러나 한 번은, 어쩌다 한 번은, 누군가 계단을 반만 내려와줄 수는 없는 건가. 저커는 비닐장갑을 낀 채 바닥에 주저앉는다. 바닥의 냉기가 몸을 관통하고 오한이 든다. 편의점 내부는 춥다. 일을 하느라 한기를 느끼지 않을 뿐.

　바닥 정리가 끝날 즈음 야구모자를 쓴 여자가 들어온다. 하필 이럴 때. 야구모자는 여느 때와 다름없이 편의점 안을 천천히 돌아다닌다. 쇼핑몰에서 목적 없는 쇼핑을 하는 사람처럼 느긋하다. 저커는 볼록 거울을 주시하거나 그녀를 훔쳐 볼 여력이 없다. 이곳에서 알바를 시작한 후 간간이 들르는 야구모자를 의식하지 않기는 오늘이 처음이다. 까라지는 몸을 추슬러가며 폐기물을 빼고 배송된 물품을 정리해서 냉장고를 채운다. 저커는 우선순위를 잘 알고 있다. 지금까지 한 번도 여자가 일보다 우선순위였던 적은 없다.

　속이 뒤틀리기 시작한다. 이번엔 아래가 탈이다. 열쇠를 움켜쥐고 계단 쪽 화장실로 뛴다. 가게 문을 열어둔 채로 화장실에 가는 것은 금지 사항이다. 더구나 손님이 있을 때. 저커는 변기에 앉아서도 조마조마한 심정으로 몇 번이나 시간을 확인한다. 점점 불안감이 커지는 차에 전화기가 진동한다. 나쁜 짓을 한 것도 아닌데 깜짝 놀라 놓친 전화기가 바닥에 떨어진다. 화장실 타일 바닥에 떨어지면 여지없다. 액정이 방사선을 그리며 깨진다. 금간 액정의 가장자리를 손끝으로 안타깝게 문질러본다. 미세한 유리가루가 묻어나지만 필름 덕에 그럭저럭 버틸 수 있을 정도는 된다. 할부금이 한참 남은 전화기의 액정을 깨먹은 진동은 스팸 메시지다. 아, 진짜! 머피야, 머피야!

여자는 그새 사라지고 없다. 가게를 비운 시간은 6분 남짓. 아쉽기도 하고 불안하기도 하다. 저커는 지체 없이 CCTV를 돌린다. 두 사람이 들어왔다가 계산대가 빈 것을 보고 잠깐 기다리다 떠났고 야구모자는 평소와 똑같이 여기저기를 기웃거렸다. 계산대가 빈 걸 알아차렸을 텐데 별 변화가 없었다. 여자는 CCTV와 거울로도 잡히지 않는 사각지대로 잠깐 사라졌다가 다시 나타났다. 별다른 문제는 없어 보이지만 확신할 수는 없다. 크지 않은 물건을 슬쩍 숨겼을 수도 있고.

좀도둑들이 큰 물건을 훔치는 경우는 거의 없다. 저게 꼭 필요할까 싶은 자잘한 물건들이 대부분이다. 대체 편의점 물건 중에 꼭 필요한 게 뭘까 의아해지기도 하지만 생리대라든가 콘돔 같은 것들을 아니라고 할 수 있을까. 간혹 뉴스에 나오듯 너무 배가 고파 빵을 훔쳐 먹었다든가 하는 일은 그야말로 희박하기 때문에 뉴스가 될 테고 좀도둑들은 통제력이나 윤리의식의 문제를 겪고 있는지도 모른다. 여자는 어느 쪽일까. 그보다, 여자는 정말 뭔가를 훔쳤을까.

일이 밀려 있어 더 이상 여자를 생각하고 있을 여유가 없다. 눕거나, 누울 곳은 없지만, 앉고 싶은 유혹을 뿌리치고 꾸역꾸역 밀린 일들을 해나간다. 어지간히 정리가 된 후에야 비로소 폐기물로 나온 삼각김밥 하나를 입에 문다. 입안이 사포로 민 것처럼 깔깔하다.

그런데 이안은 대체 어떤 사람일까. 아버지뻘은 되는 사람이 우리와 밤새 술을 마신 것도 그렇지만 집에 가지 않은 건 더 이상하다. 동네 사람은 아니고 아닌 것도 아니라고 했는데 그건 또 무슨 말일까.

전화기가 울린다. 당구장 사장이다. 먹을 땐 개도 안 건드린다는데. 저커는 씹던 김밥을 꿀꺽 삼킨다.

*

기계음을 내며 현관문이 닫힌다. 저커겠지. 이안은 진작 깨어 있다. 나이 들어 나쁜 점 중의 하나는 너무 일찍 깬다는 것. 깨려면 술이 먼저 깨야 좋은데 언제나 술보다 잠이 먼저 깬다. 난감한 일이다. 다시 하루가 시작되는 시각은 미뤄질수록 유리하지만 일이라는 게 뜻대로 흘러가주지 않는다.

이안은 아까부터 움직이지 않고 누워 있다. 목이 타들어가고 집이 점점 뜨거워진다. 버틸 만큼 버틴 끝에 일어나 에어컨을 켠다. 연후는 작은방 문을 열어둔 채 기절한 듯 자고 있고 민용은 거실 바닥에서 코를 골고 있다. 고양이는 창가에 앉아 바깥을 내다보는 중이다. 물을 따라서 옆에 놓아주자 녀석은 이안 쪽을 힐끔 보곤 다시 창가로 몸을 돌린다. 냉장고를 살핀다. 문짝에 생수병과 술이 들어 있고, 달걀과 김치, 물렁해진 양파와 시들어가는 파가 선반에 마구잡이로 놓여 있다. 사내 녀석들끼리 사는 집임이 실감난다.

이안은 김치와 양파, 파, 기특하게도 냉동실에 봉지째 들어 있는 멸치를 넣고 끓인다. 새콤하고도 구수한 냄새가 집 안에 퍼지자 민용이 일어난다.

"더 자. 덜 됐어."

이안은 밥솥의 밥을 퍼서 넣고 숟가락으로 저으며 말한다.

"뭔데요?"

"속 풀어주는 데 그만이지."

냄새를 맡았는지 연후가 부스스한 얼굴을 하고 한 손으로 배를 긁으며 나온다. 민용은 유로 밥을 챙기고 연후는 소파에 드러눕는다.

"괜찮냐?"

이안이 부엌에 선 채로 연후에게 묻는다. 연후가 찡그린 얼굴을 펴고 어리둥절해진 얼굴로 일어나 앉는다.

"어? 여기서 주무셨어요? 괜찮으세요?"

민용이 어질러진 상을 정리하고 행주로 닦는다.

"기억 안 나냐?"

이안 대신 민용이 되묻는다.

"뭐?"

"니가 같이 살자고 했다. 마침 옷장도 한 칸 비는데, 이건 운명이네 뭐네 해놓고선."

민용이 히죽 웃고 이안도 따라 웃는다. 이안이 달걀을 꺼내 냄비에 톡 깨어 넣고 부순 김을 살살 뿌린 다음 상에 놓는다.

"먹자고."

"진짜 여기서 같이 사신다구요?"

연후가 잠이 다 깬 얼굴로 확인한다.

"왜? 싫은가? 일단 먹고 이야기하지."

민용과 연후가 국물을 뜨는 모습을 이안은 흐뭇하게 지켜본다. 둘이 동시에 감탄사를 내뱉고 연후가 엄지를 치켜들자 이안도 비로소 숟가락을 든다.

"갱죽이네. 갱시기라고도 하고. 어릴 때 많이 먹었지."

민용과 연후는 더 이상 말이 없다. 씹는 소리, 뜨거운 김을 뱉는 소리, 삼키는 소리, 숟가락이 냄비를 긁는 소리만 분주하다. 갱죽이 금세 푹 준다.

"저커는 뭐래?"

연후가 그것만이 중요하다는 듯 묻는다.

"그렇게 일찍 나가는 줄 몰랐지. 좀 서둘걸 그랬어."

이안이 안타까워한다.

"싫어하지는 않더라. 어쨌든 월세와 관리비가 4분의 1로 줄어드는 거니까. 그것부터 확실히 하자고 하더라."

"답네. 짜식이 빡빡해, 진짜."

연후가 투덜거리자 민용이 중얼거린다.

"근데 기억이나 할까 모르겠나."

"자주 끊기나? 필름이?"

이안의 물음에 민용이 고개를 젓는다.

"모르죠. 그만큼 마셔본 적이 없으니까요."

민용은 실업자에 실업급여는 끝물, 연후는 공시생, 저커는 복학 못한 고학생. 이안이 보기에 셋 다 갑갑한 청춘이다. 거기에 무기력한 아재인 자신. 최근 들어 사회악의 한 축 취급을 받는 한남. 그런데 말이다. 자신이 뭘 그렇게 잘못한 게 있나. 노예처럼 일해서 처자식 먹여 살리느라 곁눈질 한 번 하지 않았다. 어쩌다 필름 끊길 정도로 마셔도 눈떠보면 집이었고 술 냄새 풍기면서도 제 시각에 출근했다. 그걸 두고 왜 그렇게 술을 마셔댔느냐고 묻는 사람이 있다면 멱살을 잡아줄 테다. 그럼 다른 낙이 있었겠느냐고, 있으면 들이대보라고. 그런 걸 배우지 못하고 자라난 세대가 어느 날 갑자기 대단한 취미랍시고 뭘 할 수 있었겠느냐고. 기껏해야 산에 좀 다니고 낚시나 좀 다니는 거지. 골프? 필드 한 번 나가는 데 얼만지나 아냐고, 월급 꼬박꼬박 통장에 꽂히던 시절에도 한번 나가면 돈 아까워서 신도 나지 않더라고. 그나마 퇴직 후로는 골프채 잡아본 적도 없었고. 그런데 왜 등산바지 입었다고 벌레 보듯

하는 건데? 늙어봐라. 청바지는 뻣뻣해서 불편하고 부들부들한 등산바지만큼 편한 옷이 없다. 왜 남의 옷차림을 두고 따따부따하느냐고. 누구에게랄 것 없이 이안은 소리치고 싶지만 적어도 애들한테는 아니다.

"건물주시라면서요? 그런데 왜……."

연후가 의아해하며 묻는다. 그렇겠지. 나도 의아하네. 나도 내가 왜 이러고 있는지 모르겠네. 그걸 알 수 없으니 알 때까지 이러고 있어야지. 그렇지 않은가. 이런 대답이 무슨 소용인가, 해서 이안은 쓸쓸하게 웃고 만다.

"그러는 넌 왜 여기 사냐. 멀쩡한 집 두고."

민용이 툭 던지자 연후가 투정을 부린다.

"아, 형, 나는 독립한 거고."

"독립은 몸이 아니라 돈이 하는 거다."

"에이, 좀 넘어가자."

민용 덕분에 어색한 분위기가 희석된다. 저렇게 속이 멀쩡한 친구가 왜 일자리를 못 구하는지 이안은 납득할 수 없다. 예의도 배려도 있고 순박한 구석도 있는데. 그래서 안 되는 건가? 약삭빠르지 못해서? 자신이 면접관이라면 민용을 택할 것이다. 스펙이란 것, 필요한 데가 있겠지. 그러나 특출난 능력을 필요로 하는 자리가 아니라면 무난한 사람이 조직에는 더 긴요하다. 특출난 몇과 무난한 대다수가 조직을 지탱하니까. 있는지 없는지 모를 부품 같은 존재, 다 닳아 소용없어질 때까지 묵묵히 버텨주는 소모품 같은 존재. 조직이 원하는 인재는 그랬다. 그리고 때가 되면 탁 튕겨내버리는 거지. 손톱 끝에 걸려 나온 코딱지처럼. 때는 조직이 정하는 거고.

월세의 4분의 1이면 다이아몬드 온천 입장요금과 비슷하다. 하루 한 번만 들고나야 하는 부담도 없고 길거리에 나앉은 느낌도 없을 거고. 사실 따져볼 것도 없다. 아파트와 찜질방을 어떻게 비교하겠는가. 이안은 이 정도 부담으로 일단 정착지를 구할 수 있다는 것에 쾌재를 부를 지경이다. 아니, 정착지가 아니고 경유지. 정착지는 강 건너에 있지. 결국 돌아가야 할 곳은 그곳인데, 그걸 모르지 않는데, 그러나 언제쯤 돌아갈 마음이 생길까. 이안은 착잡한 심경으로 뜨거운 갱죽을 푹푹 뜬다. 몇 술 만에 입천장이 얼얼해진다.

민용이 군말 없이 설거지를 시작한다. 연후가 배를 문지르며 소파에 다시 기대앉는 걸 보고 이안은 베란다로 나가 창밖으로 머리를 내민다. 12층 높이는 생각보다 공포스럽다. 전에 살던 집은 로열층이라는 7층이었고 이렇게 높은 곳은 산봉우리 말고는 갈 일이 생기지 않는다. 인간이 가장 공포심을 느끼는 높이가 몇 미터라고 하더라. 이안은 기억을 더듬는다. 11미터였던가. 11미터면 4층 정도 될 것이다. 11미터에서 떨어지면 바닥에서 가속도가 제로가 된다고 했다. 그게 종단속도라지. 그보다 높거나 낮은 경우는 오히려 공포심이 감소한다고 했던가. 이안은 픽 웃는다. 떨어져보고나 하는 말이었을까. 이론은 소용없지. 4층보다 높은 곳에서 떨어지면 살아남을 수나 있나. 이래 죽으나 저래 죽으나 매한가지일 텐데 공포심이고 종단속도고 그런 게 다 무슨 소용인가.

고양이가 소리 없이 베란다로 나와 이안과 조금 떨어진 곳에 앉는다. 저 녀석이라면 훨씬 높은 곳에서 떨어져야 바닥에서 종단속도에 도달하겠지. 그래서 어쩌자고. 한번 떨어져보자고? 아니, 그건 아니다. 이안은 그 정도로 절망한 적은 없다. 따지고 보면 상당히 운이 좋은 축에 들었다. 집값이 미친 듯이 뛰기 전에 내 집을 마련했고 아이 둘에 큰 걱정은 없었다. 이만하면 된 거 아니냐고, 적어도 저 아이들보다는 나은 청춘 아니었느냐고 자족할 만하다. 이안은 유리창 안쪽의 두 사람에게로 시선을 돌린다. 연후는 소파에서 전화기를 만지작거리는 중이고, 설거지를 마친 민용은 티셔츠에 젖은 손을 닦으며 베란다로 나온다.

"어디 쓰실래요?"

"내 맘대로 써도 되나?"

민용의 얼굴에 긴장감이 돈다. 민용은 대충 능칠 줄을 모른다. 매사 심드렁한 듯하면서도 한편 진지하다. 으르라에서 처음 술을 마시던 날부터 그랬다. 그래서 놀려먹는 재미가 쏠쏠

했고. 솔직히 말해 그 재미가 아니었더라면 아들뻘인 민용과 이런 사이가 되지는 않았을 것이다. 이안은 민용의 눈을 말끄러미 본다. 어디, 무슨 대답이 나오나 기대가 되어 웃음이 나오려는 걸 간신히 참는다. 민용이 선뜻 대답을 못하고 당황하는 걸 보고도 계속 짓궂게 굴지는 못한다.

"이놈이랑 같이 쓰지."

이안이 주저앉아 나비야, 하고 고양이를 부른다.

"나비 아니고 유로예요. 놈은 아니고요."

민용이 살짝 민망한 듯, 조금 서운한 듯 말하곤 옆에 나란히 앉는다.

"유로? 그 유로? 암튼 이 녀석이랑 같이."

이안이 웃음을 들키지 않으려 애쓰면서 말한다. 연후는 명색이 공부하는 놈이니 작은방을 혼자 쓰게 하고 저거는 빡세게 일하는 놈이니 편안하게 안방에서 혼자 자게 해주고 민용과 둘이 거실에서 지내는 게 순리라고 이안은 마음을 정하고 있었다. 물론 민용과는 스스럼이 없다는 게 큰 이유이기도 하다. 알아들은 건지 아닌지 민용은 복잡한 표정으로 씩 웃는다.

"자, 오늘은 또 뭘 하나. 하루도 쉬지를 못하네."

민용의 눈이 유로만큼 동그래진다.

"사는 거 말야. 숨 쉬고 사는 거."

이안이 팔을 들어 기지개를 켜면서 심호흡을 한다. 민용이

주춤주춤 따라서 기지개를 켠다. 비가 온 다음이라 공기는 깨
끗하고, 하늘은 높다. 12층에서 올려다본 하늘이 평면 스크린
처럼 펼쳐진다. 그저 아득하다.

*

이 장정이 언제 끝날지 아득하고 암담하다. 노량진 미스터
리 중 하나는 아무리 겸손하게 예상 점수를 잡아도 결과가 늘
그걸 밑돈다는 거다. 조금 전 확인한 성적표도 가차 없다. 연
후는 모의고사를 앞두고 전에 없이 공부에 바짝 매달려 일주
일을 보냈다. 공시 공부에서 일주일은 모래알 같은 거지만 그
래도 조금은 기대를 했는데 결과는 무참한 수준이다. 오늘 같
은 날 학원 분위기는 침울하다 못해 침통하다. 성적이 나온
날 수강생들은 두 패로 확연히 갈린다. 공부에 박차를 가하는
쪽과 일탈하고 보는 쪽. 공부를 파는 쪽은 다시 두 부류로 나
뉜다. 이대로 쭉 가면 되겠다는 자신감에 찬 쪽과 이대로 가면
망하겠다는 각성으로 괴로워하는 쪽. 비율을 따지자면 전자
보다 후자가 압도적으로 더 많다. 연후는 전자도 후자도 아닌
일탈 쪽에 가깝다. 가깝다고 표현하는 이유는 연후에게 일탈
은 일상이기 때문이다. 일상을 일탈이라고 할 수는 없는 거지.
　연후는 가방을 싸들고 근처의 사육신 공원으로 간다. 이런

곳에 누가 올까 싶었지만 막상 들어서니 오르막 위쪽에 사람들이 드문드문 눈에 띈다. 무덤은 모두 일곱 개다. 사육신묘가 아니라 사칠신묘라더니. 그런 이야기를 해준 사람은 한국사 강사였다.

"가까우니까 머리도 식힐 겸 한번 가서 보세요. 묘가 일곱 개예요. 왜 일곱 개냐! 나중에 하나가 추가된 겁니다. 그게 누구냐면 당시 중앙정보부장이던 김 아무개의 조상이에요. 여러분, 여기서 역사란 무엇인가를 생각해볼 수 있지요. 현재를 지배하는 자가 과거를 지배하는 겁니다."

멋진 말이었다. 수강생들 사이에서 오오, 하는 감탄사가 흘러나왔다. 강사가 쑥스럽다는 듯 씩 웃더니 말을 이었다. 약간 우락부락하게 생긴 중년의 강사는 웃을 때 어울리지 않게 뺨에 보조개가 폭 패었다. 그가 외모와는 달리 귀염둥이로 이름난 이유는 결정적으로 보조개 덕분이다. 손가락으로 한번 꾹 찔러보고 싶어지는 깊은 보조개.

"아, 제가 한 말이 아닙니다. 혹시 소설《1984》읽었어요? 유명한 건데. 조지 오웰이란 작가가 썼지요. 거기 나온 말입니다. 주인공이 진리부라는 데서 일하는 사람이에요. 무슨 일을 하느냐! 역사를 권력이 원하는 대로 고치는 일을 합니다. 역사는 그런 거죠. 그럼 우리는 그렇게 믿을 수 없는 역사를 왜 공부하느냐?"

강사는 또 보조개를 만들고는 잠시 침묵한 다음 말했다.

"필수과목이니까 합니다. 한국사 시험 안 보고 공무원 될 수는 없습니다. 과락 나오면 큰일이에요. 자, 공부합시다!"

수강생들이 한꺼번에 무너지는 숨소리를 냈다. 구석에서 누군가 아멘,이라고 말하고 큭큭 웃었다. 일타 강사들은 다 비결이 있다. 그들은 공통점은 농담을 하더라도 오래 곁길로 새지 않으면서 분위기를 전환할 줄 아는 능력, 어떤 내용이든 귀에 쏙쏙 들어오게 설명하는 능력이었다. 귀에 쏙쏙 들어오면 뭐 해. 다시 쑥쑥 빠져나가는데. 남는 건 시험에도 나오지 않는 쓸데없는 이야기뿐이었다.

현재를 지배하는 자가 과거를 지배한다? 과거를 꼭 지배해야 하나? 그게 역사를 두고 하는 말이라면 사실 자신과는 아무 상관도 없는 말이었다. 연후는 과거든 현재든 혹은 미래든, 자신의 삶이 역사 같은 거창한 개념과 맞물려 돌아간다고 생각하지 않았다. 개인의 역사가 모여서 인류 전체의 역사가 된다는 흔한 논리는 개인으로서의 자신에게 별 영향을 미치지 못한다고 믿기 때문이다. 헬조선의 역사가 자신의 미래를 갑갑하게 만들고 있는 건 사실이지만, 그렇다고 자신이 역사라는 거대한 물결에 한 방울을 보태거나 거기서 덜어낼 수 있는 건 아니다. 조지 오웰이 했다던 말은 현재를 지배하는 자가 미래를 지배한다는 말로 변형되어야 하지 않을까. 자신뿐 아니라 공시생 모두에게. 지금 꾸역꾸역 공부해야 공시에 합격할 테니까. 그러나 오늘은 일단 공시 생각 따위 그만둘 테다. 연후는 결의를 다져보지만 하던 생각은 쉽게 떨쳐지지 않는다.

한국사는 이번에도 과락 점수였다. 연후는 작년 여름 7급 시험을 봤고 지난봄 국가직 9급을 봤다. 작년은 공부를 시작하자마자 연습 삼아 본 거여서 점수는 기억에도 남지 않았으나 전 과목 과락은 잊을 수 없는 사건이었다. 바로 9급으로 갈아탄 이유였고. 지난봄에 본 시험에서도 한국사는 과락이었다. 그때로부터 몇 달이 지났는데 아직도 과락이라니. 필수인 국어도 과락, 영어, 행정학개론, 행정법총론 어느 과목도 희망적인 점수는 아니었다.

직렬을 바꿔볼까? 일반 행정직 공부가 맞지 않는 게 아닐까? 연후는 손톱을 잘근잘근 씹으며 궁리를 거듭한다. 교육 행정직? 아, 교육은 지긋지긋해. 마약 수사직? 교정직? 험한 일은 무섭고. 세무직, 통계직은 공부도 어려운데다 전공자들이 붙을 테고. 경찰공무원? 실기도 있다는데. 소방공무원? 이 것도 마찬가지. 게다가 범인 잡고 불 끄고 이런 거 나랑은 좀 아니잖아? 그렇게 힘든 일을. 연후는 손을 바꿔 직렬 하나당 손톱 하나씩 차례로 씹어나간다. 그나마 일반 행정직이 제일 많이 뽑는 직렬이다. 결국 일반 행정직밖에 없네. 아, 그런데 행정학개론, 행정법총론은 너무나 어렵다. 그럼 다른 걸로? 마약 수사직은? 교정직은? 세무직은…… 이 일련의 과정은 이제 새삼스럽지도 않다. 모의고사를 보고 나면 순서까지 그대로 반복하는 고민인데, 뭘. 아무리 머리를 굴려봐도 만만한 직렬이 없다.

한번은 아버지가 공부에 대해 조언을 했다. 갈비찜 해놨으니 다녀가라는 엄마의 연락을 받고 간 날 식탁에서였다.

"떠먹여주는 거 받아먹기만 해서는 안 되는 법이다. 밥상 차려주면 먹는 건 스스로 해야지. 강의만 듣는다고 공부가 되는 게 아니라는 말이다. 배우고 나면 익혀야 하는 거다. 그게 학습이지."

아버지의 말은 틀린 데가 없었다. 연후라고 그걸 모르지 않았다. 몸에 배지 않아서 그렇지.

"겨우 1년 했거든요. 왕년에 10년을 하시고도 실패하신 분이 그러십니까?"

아킬레스건을 공격당한 아버지가 젓가락을 탁 내려놓았다. 젓가락은 식탁에서 튕겨나가 냉장고 앞 바닥에 떨어졌다. 마차를 끌고 언덕길을 올라온 말처럼 아버지가 푸르르 거친 숨을 내쉬더니 나가라고 소리를 질렀다. 묵묵히 밥을 먹던 여동생이 조용히 일어났고 엄마가 그만하라고 덩달아 고함을 쳤다

"밥이나 먹자, 응? 내 생일에 꼭 이래야겠어?"

그 말만 아니었어도 그대로 뛰쳐나왔을 연후는 입을 꾹 다물었다. 아버지는 호흡을 고르는 말처럼 푸륵푸륵 하다가 물을 마신 뒤, 엄마가 가져다준 새 젓가락을 잡았다. 달그락거리는 소리만 한동안 이어졌다. 엄마 생일인 줄도 몰랐던 연후는 늦게나마 싸늘한 분위기를 무마해보고자 차분히 말했다.

"아빠, 열심히 하고 있어. 근데 너무 어려워. 요즘 공시는 옛날 사시 수준이라잖아."

아차, 했다. 사시 이야기는 꺼내는 게 아닌데 너무 나갔구나. 연후는 아버지가 또 소리 지를 것을 각오하고 시선을 깔았다.

"그래, 어렵다고들 하더라. 그래도 10년은 하지 말고. 어떤 시험도 10년만큼의 가치는 없을 거다."

의외의 반응에 연후는 더 당황스러웠다. 적당히 화를 내고 적당히 무시하면 적당히 상처받고 적당히 반발하는 것이 평균적 대화였는데 갑자기 이렇게 나오면 반칙이지.

하루 자고 가라는 만류를 뿌리치고 돌아왔다. 나라고 아무 두려움이나 죄책감 없이 등골 브레이커로 사는 건 아니라고, 그저 막막한 거라고, 대체 어떻게 해야 이 어정쩡한 상태를 벗어날 수 있는지 길이 보이지 않을 뿐이라고 말해버릴까봐 두려웠다.

돗자리와 가방을 든 사람들이 모여들기 시작한다. 연인들도 있고 가족들도 있다. 아직 환한 오후인데. 사람들은 손바닥만 한 그늘이라도 먼저 차지하려고 서둘러 돗자리를 펴고 앉는다. 여의도에서 폭죽을 쏘아올릴 거라나. 뭘 축하하는 걸까. 이런 세상에도 축하할 일은 많겠지. 무덤에서 감상하는 불꽃놀이처럼 세상은 부조리한 거니까. 사는 게 다 부조리고 아이러니지. 연후는 자리를 털고 일어나 터덜터덜 언덕을 내려온다.

꼭 여길 오려던 건 아니었는데 어느새 저커가 일하는 당구장 건물 앞이다. 연후는 잠깐 망설인다. 저커를 생각하면 마음이 복잡해진다. 짠하기도 하고 부럽기도 하고 어떨 때는 미안하기도 하다. 저커는 일요일도 쉬지 않고 일한다. 어떻게 하루를 안 쉬느냐고 물었을 때 저커는 씩 웃고 말았다. 쉬면 하루 치 일당 날아간다는 말을 하지는 않았지만 연후도 이제 그 정도는 안다. 저커에 비하면 자기는 운이 좋아도 억세게 좋은 놈이지만, 그걸 알고 있지만, 그렇다고 기분이 나아지지는 않는다. 저커에게는 저커 몫의, 연후에게는 연후 몫의 두려움과 막막함이 있고 어느 쪽이 더 큰지 비교하는 건 어리석다. 아무도 서로의 몫을 나눠줄 수도 받을 수도 없다.

"어, 형."

당구장에 들어서는 연후를 보고 저커가 놀란다.

"당구 치러 온 거 아니다."

저커가 계산대 옆으로 플라스틱 의자 하나를 끌어다 놓고 커피를 타서 가져온다.

"공부 안 합니까?"

"안 합니다."

저커가 벌쭘하게 웃는다. 이상하다. 분명 웃고 있는데 얼굴이 일그러진다.

"무슨 일 있어? 표정이 왜 그래?"

저커가 말없이 손바닥으로 얼굴을 몇 번 문지른다. 저커가 물음에 대답하지 않는 경우는 없었다. 말이 많은 녀석은 아니지만 할 말을 참는 성격은 아니다. 기댈 곳 없는 놈이 스스로를 지키기 위해서 해야 할 최소한의 방어와 공격 차원이겠지.

두 팀이 당구대를 차지하고 있다. 시시한 농담 사이, 딱, 하고 공이 빗맞는 소리가 간혹 들린다. 저커는 잠자코 앉아 있고 연후는 다디단 커피를 홀짝인다. 컵에서 종이 냄새가 심하게 난다.

"잠시만."

연후는 당구장을 나와 골목으로 접어든다. 골목 안에 자리 잡은 커피숍은 키오스크 매장이다. 화면을 몇 번 터치하고 결제한 다음 아이스 아메리카노를 받아든다.

저커는 아까와 같은 자세로 허공에 시선을 고정한 채 우두커니 앉아 있다. 계산대 위에 커피를 올려놓는다. 저커가 컵과 손을 거쳐 연후의 얼굴로 천천히 시선을 옮긴다. 눈동자가 잠깐 흔들린 것 같다. 연후는 갑자기 어색해져서 벌떡 일어나 한눈에 다 들어오는 실내를 굳이 두리번거린다.

"지겹지 않냐?"

"지겹습니다."

"뭐 하고 버티냐? 게임하냐?"

저커가 조금 웃어 보인다. 아까보다는 나아진 것 같지만 표정은 여전히 어둡다.

"게임이…… 저는 재미없습니다."

"게임 재미없다는 놈 첨 보네. 다들 게임 때문에 망하는데."

"여기서 더 망할 게 뭐 있습니까……."

그렇게 말하고 저커가 빨대를 문다. 연후는 일전의 포스트잇이 생각난다. 상대적 박탈감을 느낀다던 누군가의 불평. 천원짜리 아이스 아메리카노 한 잔에.

"야, 나도 이거 자주 못 마셔. 특별히 사주는 거야."

거짓말이다. 아까도 하나 마셨다.

"형, 드십시오."

저커가 컵을 내밀자 연후는 저커의 등을 툭 친다. 이상하게 가슴 저 안쪽이 찌르르해진다.

"할머니 잘 계시냐? 한번 안 가냐?"

"가야 되는데 말입니다."

힘없는 목소리다.

"가고 싶은데…… 별로 가고 싶지 않습니다."

저커가 고개를 떨어뜨린다. 무슨 말을 해야 할지 모르겠어서 연후는 조급해진다. 어떤 경우에도 말문이 막히는 일은 거의 없는 자신의 목구멍이 왜 갑자기 뻐근해지는지.

"밥은 먹고 다니냐?"

저커가 킥 웃는다.

"똑같지 말입니다."

"봤냐?"

"안 봐도 다 아는 거 아닙니까."

대화는 끝나고 둘은 한동안 가만히 앉아 있다. 저커가 빨대를 빠는 소리와 당구공 부딪히는 소리와 시시껄렁한 농담 소리가 현실이 아닌 것 같이 느껴진다. 한참 후에 저커가 말을 꺼낸다.

"사실은 말입니다……."

어이가 없다.

"그러니까 양아치들이 쌩까고 간 게임비를 너더러 물어내라는 거야? 너네 사장 미친 거 아냐?"

"그것만이 아니고 말입니다. 잘렸습니다."

"그거 때문에 잘라?"

"제가 좀 대들었습니다."

어떻게 했기에 잘리기까지. 저커가 대드는 모습은 상상이 되지 않는다. 그렇게 막나가는 놈은 아니다. 한집에 살면 그 정도는 알 수 있다.

"그때 남은 얼룩 때문이지 말입니다. 저더러 밤에 여자랑 당구대 위에서 딴짓 한 거 아니냐고……. 알바는 또 구하면 됩니다. 기분이 아주 더럽습니다……."

저커가 한숨을 길게 내쉰다. 산전수전 다 겪은 중늙은이가 이마에 고랑을 몇 개 잡고 내쉬어야 어울릴 것 같은 한숨이다.

"한 대 치지 그랬냐……."

"……."

"가자!"

연후가 일어선다.

"어딜 말입니까?"

"잘렸다면서 밤까지 있게?"

"비워놓고 말입니까?"

"지금 사장 새끼 걱정해주게 생겼냐? 문 걸어버려!"

저커가 고개를 절레절레 젓는다.

"그랬다가는 돈 못 받습니다."

"일당 그거 얼마 한다고! 형이……."

주겠다는 말이 혀끝에 매달린 걸 연후는 가까스로 목구멍으로 밀어넘긴다.

"월급을 안 줄지도 모릅니다. 복잡해집니다."

"아, 진짜……."

연후는 모의고사 성적 따위 잊은 지 오래다. 울적해서 왔더니 더 울적한 상황이라니. 이건 뭐 울적 지수 겨루기 게임도 아니고. 이런 상황에서 저커를 혼자 두고 간다면 그건 형도 아니지. 연후는 다시 털썩 주저앉는다. 딱딱한 플라스틱 의자에 꼬리뼈가 부딪혀 짜르르하다. 씨팔! 욕이 툭 튀어나온다. 멀리서 폭죽 터지는 소리가 들리기 시작한다. 소리는 둔탁하기도 하고 뾰족하기도 하다. 둔기처럼 뒤통수를 치거나 비수처럼 가슴에 꽂히는.

*

소파에 앉아 창밖만 내다보던 이안이 갑자기 나갈 채비를 한다. 말이 채비지 전화기와 지갑을 주섬주섬 주머니에 넣는 게 전부다. 어딜 가시냐고, 묻기도 묻지 않기도 난감하다. 연후가 가방을 매고 나선 후 30분쯤 지났을까. 한 공간에서 그만큼의 시간은 결코 짧지 않다. 뭔가를 함께 하자니 할 게 없고 각자의 일을 하기에는 어색하다. 무엇보다 이안은 할 일이 없다. 그건 민용도 크게 다르지 않지만 그래도 자신은 구직 활동이라는 게 있으니까 아주 없다고 할 수는 없고. 민용은 현관까지 엉거주춤 따라나간다.

"다녀오세요."

이안이 신발을 신다가 민용을 향해 히죽 웃는다.

"와야지, 그럼. 거 참 좋은 말이로군."

이안이 중얼거리는 소리가 복도를 울린다. 다녀와야지, 다녀온다고, 다녀올게, 허, 어디를 다녀와야 하나……. 목소리가 점점 멀어진다.

고요하다. 고시텔의 고요와는 질이 다른 고요다. 월 백만 원짜리 고요라고 해야 할까. 아니, 삼십삼만 원짜리 고요, 아니, 이제는 이십오만 원짜리 고요. 민용은 자기도 모르게 이런 계산을 하다가 흠칫 놀라 고개를 흔든다. 저커 녀석한테 물이 들었나.

"그럼 월 이십오만 원씩입니다. 관리비도 4분의 1씩이고 말입니다. 저는 좋습니다."

이안이 합류 의사를 밝혔던 그 밤, 저커는 그렇게 정리했다. 신속하고 깔끔했다.

"거 빈틈없는 친구군."

이안이 놀란 표정을 금세 풀면서 허허거렸다.

"야, 너 안 취했냐? 아니, 취했구나. 취했어. 생활비 얘기는 왜 안 하냐?"

연후가 못마땅한 얼굴을 했다. 민용도 그 계산을 하지 않은 것은 아니었다. 넷 중 똑같은 계산을 하지 않은 사람은 아마 아무도 없었겠지만 들어와도 되겠냐는 이안에게 대뜸 계산서부터 들이미는 저커에게 정나미가 떨어지지 않았다면 거짓말이지. 민용은 명색이 형이니만큼 자기가 대표로 미안함을 느끼면서 얼버무렸다.

"그러니까, 환영이라는 뜻이죠."

민용의 말이 떨어지기 무섭게 연후가 잔을 들자 머그컵 네 개가 모였다. 오, 행운의 네잎클로버!라고 연후가 과장되게 소리쳤고 나머지 셋도 이렇게 신기한 건 처음 본다는 듯, 넷의 동거는 진실로 굉장한 행운이라는 듯 한참 잔을 맞대고 낄낄거렸다. 연후는 부감으로 사진까지 찍었다.

연후도 저커도 부담이 줄어든 걸 반가워하는 기색이었다. 누구보다 이안의 합류가 반가운 사람은 지금 형편이 제일 아쉬운 민용 자신이다. 어차피 모여 사는 거 셋이나 넷이나. 문제는 지금이 아니라 앞으로다. 철거가 시작되기 전에 다른 방법을 찾아야 한다. 그러자면 어디든 취직부터 해야 하고. 민용은 소파에 기대 앉아 노트북을 연다.

채용 중인 기업은 많고도 많다. 하반기 공채 시즌이다. 민용도 예전에는 공채 시즌이면 든든한 느낌이 들기도 했다. 대기업에서 민용을 뽑아줄 리는 없었지만 4년제 졸업자를 대기업에서 흡수하면 그 아래 수준의 일자리는 또 그들만 못한 사람들에게 돌아가고, 그런 식으로 내려오다 보면 전문대졸자인 자신에게도 일자리가 주어지지 않을까 하는 낙천적인 기대를 했던 것이다. 어쨌든 중소기업 계약직 수십 군데에 지원한 결과 간신히 한 군데 합격하긴 했었다. 계약 기간이 끝나고 바로 잘렸지만 말이다.

대기업 공채 정보를 거르고 4년제 대학 졸업자 구인 정보를 거르고 재무 회계직이나 엔지니어 구인 정보도 거르고. 이 많은 기업들 중 어쩌면 단 한 군데에서도 자신을 원하지 않는지 민용은 야속하다. 이 야속함은 이미 충분히 느꼈다고 생각하지만 그건 착각이다. 하나씩 거를 때마다 야속함은 포인트 쌓이듯 알뜰하게 누적된다.

솔직히 말하자면 최근까지도 구직 활동에 아주 공을 들이지는 않았다. 실업 급여를 받을 수 있는 기간만큼은 일하고 싶지 않아서였다. 실업 급여는 구직 시늉만 하면 어김없이 지급되었으므로 지원 서류를 대충 작성했고 될 성싶지 않은 곳을 골라 지원하기도 했다. 한심하다고 손가락질당해도 괜찮을 것 같았다. 뭐 어때. 도둑놈 심보라는 둥 모럴 해저드라는 둥 욕할 거면 차라리 저기 여의도라든가 관공서에 가서 하라고 나름의 논리를 다져놓고 있었다. 민용은 2년간 수당도 받지 못한 채 숱하게 야근을 했고 거북목이 되도록 단말기 앞에 붙어 있었다. 그렇게 열심히 일한 결과는 계약 만료, 재계약

불가였다. 정규직 시켜주기 싫으면 계약직이라도 유지하게 해줘야 하는 거 아닌가. 계약직은 2년을 초과할 수 없게 법이 바뀐 결과였다. 의도가 좋다고 결과까지 좋은 건 아니지. 결국 계약직 줄여보자고 만든 법이 계약직을 다 잘라버렸다. 그런 법을 만든 사람이야 자신은 물론 자식들까지 계약직 한번 안 해본 사람들일 테고.

잡코리아 창을 닫고 알바몬을 뒤지기 시작한다. 단기 알바를 집중적으로. 일단 알바를 하면서 느긋하게 구직을 하는 거다. 사이트를 잠시 기웃거리던 민용이 별안간 고함을 지른다. 이거다! 소파 검사 알바! 소파를 검사하다니! 이건 소파에 앉아보고 누워보고 뭐 그런 거 아닐까? 경기도면 거리는 멀지만 그래서 오히려 지원자가 많지 않을 수도 있지! 일단 일주일만 해보는 거다. 해보고 괜찮으면 더 할 수도 있다니까 그건 그때 가서 고민할 일이고. 포장, 품질 검사, 입출고 관리, 친구와 함께 가능. 상하차 업무 아님. 최저시급이지만 하루 여덟 시간 근무에 중식 제공이면 못할 것도 없지. 같이 할 친구가 없어 안타까울 지경이다. 민용은 흐뭇한 심정으로 팔을 들어 알통을 만들어봤다. 부드러운 지방 아래로 수줍게 숨은 이두박근이 만져졌다. 뭐, 이 정도면 충분하지. 어차피 상하차는 아니라니까.

문자지원을 클릭하고 난 민용은 마음이 느긋해진다. 마감이 3일 남았다니 며칠 후면 답이 오겠지. 그때까지는 더 좋은 자리가 있는지 슬슬 알아보는 거지. 설마 이런 걸 떨어지겠어? 아무리 생각해도 거절당할 이유가 없다. 젊고 건장한데다 소파라면 아주 사랑하기까지. 민용은 앉아 있는 소파가 새삼 대견스럽다. 비록 가죽이 나달거리고 때가 탄 물건이지만 이 아이가 아니라면 어디다 몸을 기댄단 말인가. 우리 유로는 어디서 식빵을 굽는단 말인가. 민용은 오랜만에 마음이 녹녹해지는 걸 느끼며 뒤로 손을 뻗어 가슴 아래에 감춰진 유로의 발을 깜작거린다. 유로가 갸르릉, 앙탈을 부린다.

가만, 이렇게 쉽게 일이 풀릴 리가 없다. 지금까지 그런 행운은 없었다. 혹시 무지하게 힘든 일 아닐까? 친구와 함께 가능이라니, 그만큼 인원이 아쉽다는 뜻인데 힘들어서 쉽게들 그만두는 걸까? 얼마나 힘들면……. 그랬다가 다시 희망이 솟구친다. 그렇게 사람 구하기가 어려운 일이라면 어쨌든 붙여는 줄 거 아닌가 해서다. 늦어도 일주일 후에는 일을 시작할 수 있겠지. 일단 해보는 거다. 손해 볼 건 없다. 일주일만 해도 월세를 뽑고 일주일 더 하면 생활비도 뽑고 그러다 보면 삼 주 되고 한 달 되고. 민용은 다시 희망적이 되어 등받이에 기댄 채로 만세를 부른다. 하품과 동시에 꼬르륵 소리가 난다. 그래, 밥을 먹자. 몸을 만들어야지.

민용이 일어나자 유로가 자세를 풀고 바닥으로 내려온다.

냥, 하고 한 번 울더니 밥그릇 쪽으로 가 얌전하게 앉는다. 그 릇이 비어 있다.

"아이쿠, 배고프지? 지금 줄게, 미안, 미아안."

유로를 다정하게 어르곤 사료를 부어준다. 그렇지, 힘들어 도 해야지. 이제 홀몸이 아니잖아. 적어도 애 하나는 책임져 야지. 고양이 수명이 몇 년이라더라? 10년은 훌쩍 넘는다고 하던데. 20년을 산 아이도 있다고 하던데. 그래, 20년. 20년은 애를 위해서라도 닥치는 대로 일해야지. 민용은 배에 힘을 주 고 다시 알통을 만들어 만져본다. 배는 푹신하고 알통은 말랑 하다.

이제 곧 몇 달 만에 돈을 벌러 간다. 가벼워진 마음만큼 가 볍게 늦은 점심을 때운 민용은 흥얼거리며 청소를 시작한다. 바빠지기 전 식구들을 위해 봉사하는 마음으로,라고 생각하 고 싶지만 현실은 그게 아니다. 함께 살기 시작하면서 청소는 저절로 민용의 몫이 되었는데 할 일이 없어서 그렇기도 했지 만 결정적인 이유는 유로의 털 때문이었다. 하루라도 걸레질 을 하지 않으면 입안에 가시가 돋는 게 아니라 온 몸에 털이 들러붙었다. 물론 민용은 털 따위 괘념치 않았으나 연후나 저 커의 옷에 털이 붙는 것은 다른 문제였다. 털 때문에 유로가 천덕꾸러기가 된다면 그 꼴은 차마 볼 수 없을 것이다. 그나 저나 저 조그만 몸 하나에서 끊임없이 빠지는 털의 개수는 천

문학적이다. 그러고 보면 유로의 생산성이란 털 하나만 보더라도 민용의 생산성과는 비할 바가 아니다. 다른 생산성은 글쎄, 둘 다 아직 모를 일이지. 민용은 흐뭇한 눈길로 유로가 먹는 모습을 본다. 유로 만세!

흥얼거리던 민용의 노랫소리는 점점 높아져 이제 거의 샤우팅 수준이다. 내친 김에 머리를 흔들며, 헤드뱅잉은 이런 것, 이라고 유튜브에 올려도 될 정도로 가사도 모르는 곡조를 냅다 지른다. 사료를 다 해치운 유로가 소파 위에 올라 앉아 졸다가 민용의 샤우팅에 눈을 번쩍 뜨고 감기를 반복한다. 평화롭다. 얼마짜리 평화? 백만 원짜리, 아니, 이제 이십오만 원짜리!

청소가 끝났다. 민용은 내친 김에 이불을 싹 걷어 빨려다가 욕조가 없다는 사실을 깨닫고 아래로 내려간다. 세탁기가 어딘가 나와 있지 않을까 기대하면서.

아파트 단지를 한 바퀴 온전히 돌아보기는 처음이다. 건물이 노후한 대신 수목은 울창하다. 플라타너스 둥치가 아름이 넘는다. 연둣빛 대추가 조롱조롱 매달린 대추나무도 군데군데 있다. 날짜로는 가을인데 날씨는 아직 여름이다. 끈끈한 더위가 맨살에 묻는다. 민용은 중앙광장 옆의 등나무 그늘로 들어선다. 벤치에 잠깐 앉으니 바람이 살살 불어온다. 민용은 티셔츠를 펄럭거려 등과 배에 바람을 집어넣는다.

조용하다. 등나무 아래에서부터 난 오솔길 너머로 텅 빈 놀이터가 보인다. 외벽과 베란다에 매달린 에어컨 실외기가 왱왱 돌아가고 그 소리가 거꾸로 단지의 적막을 강조한다. 한갓지고 평온하다. 이런 곳이 사라진다면 아깝지 않을까. 끊임없이 헐고 짓기를 반복하는 건 다 자본의 논리겠지. 자본이 있는 사람들은 추억이나 평온함 같은 것보다 몸을 불리는 재산이 더 소중하겠지. 그렇지 않은 사람들은 도태될 테고. 도태라는 단어가 떠오르자 민용은 기분이 야릇해진다. 도태된다는 것은 애초에 어딘가에 소속되어 있었다는 뜻 아닌가. 도태의 예감조차 없다는 것은 아무 데도 소속되어 있지 않다는 반증이 아닐까. 민용은 어디라도 소속되고 싶다. 그 어디가 오로라 아파트는 아닐 것이다. 이곳은 잠시 스쳐가는 곳일 뿐 스며들 수 있는 곳은 아닐 테니까. 애당초 월세 이십오만 원으로 열리는 문이 아닐 테니까.

아차, 세탁기. 이러고 감상에 빠져 있을 때가 아니다. 늦기 전에 이불을 빨아야지. 단지를 다 뒤지면 하나쯤 있을지도 모른다.

*

몸이 이상하다. 뾰족한 물건으로 머리를 후벼파는 것 같다.

숙취와는 다르다. 집에 있었어도 되는데 굳이 왜 나온 걸까. 좋았는데. 다이아몬드 온천에서 아파트로 숙소를 옮긴 후 이안은 푹 잔다. 다이아몬드 온천에서 자는 건 길거리에서 자는 것과 유사한 데가 있었다. 누군지도 모르는 타인에게 자는 모습을 공개하는 셈이어서 잠들어 있는 동안에도 긴장을 완전히 늦추지는 못했다. 소리 없는 발자국과 공중을 부유하는 타인의 땀방울 같은 것이 느껴졌고 사람들이 나고 들 때 술렁거리는 공기가 주변을 휩쓸고 다녔다. 역설적이게도 적극적 휴식을 위한 공간이 완전한 휴식의 공간이 되지는 않았다. 이안은 사는 게 다 그렇지, 하고 중얼거린다.

산책로를 천천히 걸어 우면산으로 향한다. 이쪽에서 오르는 우면산은 초입부터 시작되는 계단이 고비다. 흙길을 밟으려면 총총한 계단을 통과해야 한다. 그걸 다 올라가면 아까시 쉼터가 나오고 평탄한 길이 잠깐 이어진다. 소망탑 쪽은 다시 계단을 올라야 닿을 수 있다. 산이라 이름 붙이기도 좀 민망한 수준이지만 봉우리에 올라서면 전망 하나는 괜찮은 편이다.

이안은 소망탑에 도착하자마자 벤치에 널브러져 한참을 일어나지 못한다. 나뭇잎 사이로 설핏 하늘이 보이는가 싶더니 스르르 눈이 감긴다. 가만히 누워 있는데도 벤치가 통째로 회전하는 것 같다. 팔을 뻗어 등받이를 꽉 잡는다. 손이 자꾸 미끄러진다. 손바닥에 땀이 흥건하고 등과 얼굴에도 땀이 솟는다. 그러다 금방 한기가 덮쳐와 다리를 웅크리며 모로 돌아 눕는다. 낮 최고 기온이 30도를 웃돌겠다는 일기예보가 무색하게 몸이 떨린다. 두런두런하는 말소리가 아득하게 멀어지다 다가오고 다가왔다 다시 멀어진다.

……그러니까 꾸준히 먹어야 한다고. 혈압은 약을 끊으면 안 돼. 아니야, 약을 끊고 운동을 해야지. 병원에서는 무조건 약 먹으라지. 먹기 시작하면 방법이 없어…… 이거 드셔. 무농약이래. 껍질째 먹으면 돼. 기껏 운동하고 바로 먹어? 사과 한 알 갖고 뭘. 그럼 오이 줄까…… 근데 저 아저씨 아까부터 안 움직여. 자나봐. 취했나. 설마. 고수부지에서 돗자리 깔고 자는 사람도 있대…… 모기는 어쩌고. 산모기 독한데…….

까무룩 정신을 잃었던 것 같다. 시간이 얼마나 흘렀을까. 전화기를 보니 오후다. 산에 오를 때 시각을 확인하지 않아 얼마나 이러고 있었는지 알 수 없다. 목이 따갑다. 침을 삼키니 목젖이 혀뿌리에 딱 달라붙는다. 이안은 벤치를 더듬는다. 아무것도 잡히지 않는다. 배낭을 두고 나왔다. 다이아몬드 온천에서 지낼 때 신체 일부처럼 메고 다니던 것이다. 맨몸으로 나올 때는 홀가분해서 좋았는데 그만 물병을 잊었다. 이안은 억지로 침을 모아 달라붙은 목젖을 떼어낸다. 오한이 덮쳐온다. 손바닥만 한 햇빛이 맞은편 벤치에 떨궈져 있다. 이안은 억지로 몸을 일으켜 그쪽으로 가려다 휘청, 하면서 넘어지고 만다.

"괜찮으세요?"

누군가 다가와서 걱정스럽게 묻는다. 또래로 보이는 남자다. 소망탑에서 두어 번 마주친 적 있는 얼굴.

"아까부터 누워계시던데……."

남자가 이안을 끌어안다시피 해서 벤치에 앉힌다. 이안은 중지로 관자놀이를 누른다. 손이 떨린다.

"안색이…… 내려가셔야지요."

이안이 고개를 주억거린다. 남자가 물병을 열어 내민다. 이안은 떨리는 손으로 받아 마신다. 입가로 물이 한 줄기 흐른다.

"갖고 계세요. 저는 괜찮습니다."

"고맙……."

목이 잠겨 말이 끊어진다. 이안은 갑자기 두려워진다. 해발 몇 천 고지도 아니고 기껏 언덕배기 비슷한 곳에서 조난당한 기분이 들다니. 그것도 매일같이 오르내리는 곳에서.

"같이 내려가실래요?"

이안이 남자를 멍하니 올려다본다. 누군데. 이자는 대체 누군데 나를 데리고 내려간다는 건가. 이런 호의를 받아도 되는 건가. 아니, 내가 그렇게 딱해 보이는 걸까. 이안은 손을 내젓는다.

"정말 괜찮겠어요?"

남자의 눈에 걱정이 담겨 있다. 이안은 눈을 부릅뜨고는 다시 손을 내젓는다. 남자는 호의를 거절당해 무안한지 혹은 번거로운 일을 피할 수 있어 다행이라 여긴 건지 더 권하지 않고 자리를 뜬다. 한 번 뒤돌아보고는 헛기침을 하며 멀어지는 모습을 이안은 물끄러미 바라본다. 저자나 나나 이 시간에 여기 오는 사람이면 알조다. 비슷한 처지의 사람이라면 더욱 피하고 싶다. 함께 신세한탄을 할 일도 아니고 거울을 보듯 선명하게 내 처지를 상대에게 투영하기에는 아직 시간이 필요하다. 다들 그렇다는데, 다들 밀려난다는데. 이안은 그 다들, 이라는 말이 그다지 달갑지 않다. 다 그렇다는 말이 아무렇지 않다는 뜻은 아니다.

내려갈 수 있겠지. 여기가 암벽 꼭대기라면 모를까, 노인들도 혼자 오르내리는 동네 앞산에 불과한데. 이안은 마음을 가다듬고 팔을 한 번 휘둘러본 다음 일어난다. 걸을 수 있다. 두통은 여전하고 목의 통증도 아까와 같지만 주저앉을 정도는 아니다. 이보다 더 아팠을 때도 출근했었다.

대성사 쪽으로 길을 잡는다. 예술의 전당 뒤쪽에 있는 절이다. 그 길은 올라온 길보다 수월한 편이고 절까지만 가면 택시를 부를 수 있다.

"아저씨, 얼굴이 왜……."

이안이 들어서자마자 민용이 두 손으로 팔을 붙잡는다. 민용의 손에서 온기가 느껴진다. 여름철의 체온도 반가울 수 있다니. 민용의 손을 다독이며 떼어내고 소파에 기대앉는다. 집이구나, 어쨌든. 길게 숨을 내쉰다. 길게 들이마시고, 다시 길게 내쉬고. 흐릿했던 시야가 맑아진다.

"더위 먹은 거 아녜요?"

민용이 리모컨을 집어들자 이안이 제지한다. 가져다준 물을 이안은 단숨에 다 마신다. 옆에 서 있던 민용이 빈 컵을 두 손으로 받는다. 별것 아닌데. 물 한 컵 가져다주고 지켜봤다가 빈 컵을 받아드는 일, 진짜 별것 아닌 일인데 거기에는 오래 맛보지 못한 따스함이 있다. 고개를 들어 민용을 물끄러미 본다. 얼굴이 부옇게 뭉개진다.

"무슨 일 있으세요?"

이안은 손을 내젓는다.

"호르몬 때문이야. 늙어봐. 괜히 눈물난다구. 다들 드라마 보면서 울고 그런다지 않나."

말하고 보니 우습다. 찜질방에서 유니폼을 입은 그 사람들? 티브이 앞에서 눈물을 훔치는 사람들이 있었다. 드라마이기도 했고 다큐멘터리이기도 했다. 〈인간극장〉을 볼 때면 훌쩍거리는 사람이 꼭 있었다. 남의 서러움을 끌어다 잠시 위안 삼으며 그 기회에 자신의 서러움을 달래보는 사람들. 이안은 그들과 다르다고 생각해왔지만 글쎄, 꼭 그런 것 같지도 않다. 그건 그렇고 민용이 꼭 아들 같다.

"좀 누우실래요?"

민용이 자리를 만들어준다. 소파에서 내려와 누우니 제대로 환자가 된 기분이다. 이안은 집 안을 천천히 둘러본다. 도배지는 아직 늘어져 있고 조명이 달려 있어야 할 자리에는 절연 테이프로 감아둔 전선만 삐죽 나와 있다. 가구를 빼낸 흔적이 남은 벽지와 바닥, 낡은 싱크대, 한구석에 펴져 있는 아동용 상. 이제 곧 지상에서 사라질 풍경이다. 그때까지는 스스로 스며들기로 한 풍경. 뭐, 나쁘지 않지. 이곳의 시간이 어떻게 흐르든 진폭은 조금도 확장되지 않았고 결국 더 축소됐지만 이런 시간도 나쁘지 않아.

쌀알이 풀어지는 냄새가 몸에 박힌 오한을 녹여낸다. 이안은 숟가락으로 죽을 젓는 소리에 귀를 기울인다. 스텐 숟가락이 냄비 바닥을 긁는 소리에 평온함이 묻어 있다. 떠돌았던 시간을 벌주기라도 하듯 통증은 이안의 몸을 샅샅이 누비고 다닌다. 어쩌면 그동안 좀 앓고 싶었던 건지도 모른다. 이불을 덮고 죽 냄새를 맡고 있으니 달콤한 무력감에 사로잡힌다. 이제 곧 엄마가 이마를 짚어줄 테지. 이안은 어린 날로 돌아간 것처럼 아련해진다. 이불 속에 얌전히 누워 육친의 사랑을 갈구하고 확인하던 때. 한쪽 눈꼬리로 무언가 주르륵 흐른다. 민용이 죽 그릇이 놓인 상을 들고 와 이안의 얼굴을 걱정스럽게 살핀다.

"안구건조증이네."

이안이 두 손으로 눈가를 문지르며 일어나 앉는다.

"고마워."

젖은 손끝을 이불에 슬며시 닦고는 건네준 숟가락을 받아
쥔다. 민용은 상 옆에 비껴 앉는다. 이안은 민용에게 눈물을
들킨 게 무안해서 급하게 한 술 떴다가 곧바로 뱉는다. 순식
간에 입천장이 홀렁 까진다.

"천천히 드세요."

이안은 입술을 모으고 숨을 들이쉬며 입안을 식힌다. 이안
의 시선이 문득 정면에 꽂힌다. 티브이 옆에 잔뜩 쌓여 있는
물건. 저건 분명? 이안의 눈길을 쫓은 민용이 쑥스러운 듯 머
리를 긁적인다.

"웬 건가? 아침에도 없었는데?"

"주워왔어요. 좋아하실 것 같아서요."

"쓰레기장?"

민용이 쭈뼛거린다.

"보물을 버렸군. 하긴 나도 버렸지. 내가 버린 건 아니지
만."

"그럼 누가?"

이안은 죽을 한 술 뜨고 입안에서 오래 굴린다. 대답을 피

하고 싶어서. 다행히 민용도 더 캐묻지는 않는다.

"더 있어요. 저기 108동에요."

"사천 장은 됐을 건데. 그러니까 버렸겠지만."

이안이 굴리던 죽을 삼키고 말한다. 꿈꾸는 듯한 목소리다.

"아니, 그 정도는 아니고 백 장 정도 더……."

"40년 동안 모은 거였어. 거의 다 정품이었다고."

"아……."

"놀라서 내려갔을 때는 늦었더군. 누군가 몽땅 다 가져간 뒤였네. 여길 뜰 때였지."

이안이 숟가락을 탁 놓고 일어난다.

"가지!"

"네? 어딜요?"

"백 장이나 더 있다면서!"

"아니, 이거 드시고…… 제가 다녀올게요."

"다녀오면 식어 있을 거야."

머뭇거리는 민용을 뒤로 하고 이안은 벌써 현관을 나서고 있다.

108동은 광장을 가로질러 가야 한다. 광장에 장이 열렸다. 목요장이다. 건어물과 생어물, 채소를 파는 가게가 제각기 천막을 치고 들어서 있고 한쪽에 떡볶이, 순대, 어묵을 파는 소형 트럭이 있다. 곧장 108동으로 돌진할 태세였던 이안이 돌연 멈춰 선다. 이안은 장터를 한번 휘 둘러본다.

"공갈빵은 화요일이었던가……."

착 가라앉은 목소리로 말하고 나서 이안은 106동의 어느 집을 올려다본다. 저 집에 살았던 시절이 먼 전생의 기억처럼 여겨진다. 민용은 나란히 서서 이안의 눈길이 멈춘 곳을 더듬는다.

"저기…… 뭐가 있는지 아나……."

"아는 집이에요?"

"좀 알지……."

이안이 쓸쓸한 얼굴을 하고 발을 뗀다. 민용은 이안의 뒤를 따르며 106동께를 몇 번 돌아본다.

쓰레기장 한쪽에 엘피판이 차곡차곡 쌓여 있다.

"우와, 그새 더 늘었네. 한 오백 장은 되겠어요. 다 어떻게 들고 가죠?"

이안은 쭈그리고 앉아 한 장씩 들춰본다. 민용이 옆에서 더듬거리며 뮤지션들의 이름을 읽으려 애쓴다.

"희한하네. 나랑 취향이 같은 사람인가? 전부 있던 것들이야."

"워낙 유명한 곡들이라 그럴까요? 게다가 사천 장이었으면……."

"글쎄, 그럴 수도 있고."

이안은 하나씩 앞뒤로 살피면서 고개를 갸웃거린다.

"잉베이 맘스틴. 미국 갔을 때 벼룩시장에서 산 적 있거든. 일곱 장이었어. 여기 그 일곱 장이 다 있군"

"잉, 뭐라고요?"

민용이 재킷을 살핀다.

"스웨덴의 3대 자랑이 뭔지 아나? 노벨상, 아바, 그리고 잉베이 맘스틴이야. 기타 속주가 아주 귀신이지. 조용필은 아나?"

"조용필을 누가 몰라요. 조용필 것도 있어요?"

이안의 손을 거친 엘피판을 뒤적거리며 민용이 대답한다.

"표절 논란으로 화제가 됐었지."

이안이 판 하나를 민용에게 내민다.

"〈라이징 포스(Rising Force)〉."

민용이 제목을 읽는다.

"〈파 비욘드 더 선(Far Beyond the Sun)〉. 두 번째 곡. 언제 들어봐."

민용이 대답 대신 유튜브를 검색한다. 엄청난 속주가 흘러나온다.

"허, 이러니 이걸 버리지."

이안이 혀를 끌끌 찬다. 음원을 찾아 듣는 사람이 바들바들 떨면서 바늘 끝을 정확한 위치에 내려놓는 순간의 황홀을 알리가 있나. 이안은 허망한 심경이 되어 뒤적거리던 손을 거두려다 눈을 껌뻑거린다. 비틀스다. 〈서전트 페퍼스 론리 하츠 클럽 밴드(Sgt. Pepper's Lonely Hearts Club Band)〉. 비닐 커버 안쪽으로 시커멓게 잉크가 번져 있다. 날짜 같기도 하고 이름 같기도 하다. 이 음반이 맞던가……. 비틀스였는지 이글스였는지조차 이젠 희미하지만 만약 이게 맞다면 잉크 자국은 1977.12.30일 것이다. 이 음반 무더기가 이사할 때 아내가 내다버린 것들이라면. 날짜는 대학 입학을 앞둔 이안의 생일이었다. 이안은 앉은 채로 고개를 들어 먼 곳을 바라본다. 손을 멈추고 고개를 든 채 한동안 말이 없다. 민용은 잔뜩 쌓인 엘피판을 뒤적거리다 분위기가 심상치 않음을 눈치챘는지 앉은걸음으로 물러나 딴청을 부린다.

음반을 선물했던 녀석은 태평양 건너로 유학을 갔고 그 후 만나지 못했다. 나중에 몇 다리 건너 듣게 된 소식으로는 많이 아팠던데다 결혼생활까지 불행했다는데 이제는 아예 생사조차 알 수 없게 되었다. 중고등학교, 대학까지 동창인 녀석이었다.

이안은 한 장의 앨범만 들고 일어선다.

"다 가져가는 거 아니었어요?"

"이거면 충분해. 가지."

이안이 성큼성큼 걷는다. 민용은 잉베이 맘스틴의 앨범 일곱 장을 챙겨들고 뒤를 따른다. 몇 번이고 뒤를 돌아보면서.

이안은 저녁부터 본격적으로 앓는다. 민용은 이안이 누워 있는 동안 슬그머니 빠져나가 108동 쓰레기장으로 향한다.

*

당구장에서 잘린 며칠 후 편의점에도 일이 생겼다. 나쁜 일들은 역시 한편이다. 아무 언질도 없던 사장은 주인이 바뀌기 전날에야 그 사실을 통보했다. 24시간 근무 체제로의 전환은 편의점을 처분하기 위해 치밀하게 세운 계획의 일환이었다.

"이런 법이 어디 있습니까!"

"법 알아? 그럼 법대로 하든가."

"해고 예고는 30일 전에 해야 하는 것 아닙니까!"

사장이 저커를 똑바로 보면서 한쪽 입꼬리를 끌어올려 웃는다.

"CCTV를 봤는데 말야. 재미난 장면이 있더라?"

사장은 편의점 내부를 한 바퀴 둘러보고 천천히 말을 잇는다. 느물거리는 목소리다.

"그렇게 안 봤는데 말이지. 술 먹고 지각하는 건 그럴 수 있다 치자고. 바닥에 토하거나 손님 두고 가게를 비우는 건 좀 그렇지?"

사장은 비열하게 말할 줄 아는 재주가 있다. 저커는 딱히 반박할 말을 떠올리지 못한다.

"그새 물건이 없어진 건 알고 있었나? 그 여자 수상쩍던데?"

"……."

"사각지대를 아는 것 같더라고. 자주 오지 않았나? 나도 본 적 있는데. 전에도 종종 도난사고가 있었는데 말야. 아무래도 좀 그렇지? 설마 알고도 눈감아준 건 아니지? 아는 사인가?"

"……."

저커는 혼란스럽다. 사장이 정말 자신을 의심하는 건지 괜한 트집으로 상황을 유리하게 만들려는 건지 판단이 되지 않는다. 야구모자는 확실히 수상한 데가 있었다. 그래서 올 때마다 눈여겨봤던 거고. 물론 그 이유 때문만은 아니었지만.

"뭐, 이제 와서 새삼스럽게 문제 삼지는 않겠어. 골치 아프잖아. 깨끗하게 넘기고 손 털려는데. 고용승계는 없을 거야. 가족끼리 커버한다더라고."

사장은 이만하면 크게 봐주는 거니 고마운 줄 알라고 말한다. 저커는 사장의 말을 다 듣고 나서야 사태 파악이 된다. 얼마 전부터 무리해서 24시간 영업을 한 것까지.

마지막 근무를 하고 집에 돌아온 저커는 민용을 보며 허탈하게 웃는다.

"형, 이제 저 백수 됐습니다."

유로와 놀고 있던 민용이 놀란 눈으로 보더니 곧 아무렇지 않게 말한다.

"휴학생과 백수는 다르다. 백수는 나 같은 사람이지."

"형은 일자리 안 구합니까?"

민용이 뜻밖에 자신만만하게 대답한다.

"구했지. 이번에는 틀림없다. 그럴 만한 일이거든."

"정말입니까? 잘됐습니다. 언제 출근입니까?"

"아직 날짜는 안 나왔지만 금방일걸?"

"형, 축하합니다! 어떤 뎁니까?"

민용의 취직이 이렇게 기쁠 줄 몰랐다. 자신이 잘린 날 민용이 취직하다니 절묘하다. 그러나 세상이 공평하다고는 하지 말자. 둘 다 일자리가 있으면 무슨 큰일 날 것도 아니잖아. 또 그러나, 알바야 구하면 되지만 취직은 차원이 다른 문제니까 온전히 기뻐해주자. 저커는 민용의 취직에 진심어린 축하를 보낸다.

"일단 일주일 해보고 정하려고."

민용이 싱글거리는 반면 저커의 표정은 바로 굳어버린다.

"그런 일자리도 있습니까?"

"일주일 단기 알바도 되고 장기 근무도 된다던데?"

민용의 표정이 얼마나 해맑은지 놀라울 정도다.

"형, 혹시 일주일만 해보겠다고 말했습니까?"

"어."

"마감 지났는데 연락 없는 것 맞습니까?"

"어. 근데 올 거야. 별다른 기술이나 자격도 필요 없다고 했고, 소파 검사라는데 상하차 업무는 아니라고도 했고, 어, 또 친구와 같이 할 수도 있다고 했고. 좀 멀어. 그래도 해보려고. 참, 너 같이 안 할래?"

민용이 줄줄 읊어대는 동안 저커는 알 만하다는 표정으로 고개를 끄덕인다.

"형, 정말 할 생각 있으면 다시 연락해서 오래하겠다고 해야 됩니다. 일주일 하겠다는 사람은 안 뽑습니다. 친구와 같이 할 수 있다는 데는 사람들이 잘 그만두는 곳입니다. 형이 담당자면 일주일짜리 뽑겠습니까? 저 같으면 귀찮아서라도 안 뽑습니다. 전화번호 주십시오."

저커가 대뜸 전화를 한다. 문자 지원만 해놓고 마냥 기다리고 있던 자신이 얼마나 대책 없는 인간인지 민용은 모르는 게 확실하다. 이러니 서른 넘어 백수인 거지. 사람은 좋지만 사람 좋다고 뽑아주는 데는 없다. 적어도 이런 문제에 관해서라면 민용은 아직 멀었다. 정식 취업은 모르겠지만 알바는 무조건 들이대야 한다. 안 되면 말고. 잃을 거 없는 사람이 앞뒤 재고 망설일 게 뭐 있다고.

"네네. 내일부터 가능합니다. 계속할 생각입니다. 저, 그런데 말입니다. 친구도 데려갈 수 있다고 되어 있던데 말입니다. 네. 서른둘입니다. 네, 네. 감사합니다."

전화를 끊은 저커가 민용을 향해 싱긋 웃는다. 민용은 이게 실화냐, 하는 표정으로 눈만 끔뻑거린다.

"내일부텁니다. 이런 데는 바로바로 인원이 투입되는 곳입니다. 마감이 별로 의미가 없습니다. 그런데 오래는 못하지 싶습니다. 일단 너무 멉니다. 게다가 힘쓰는 일이라서 말입니다."

"그럼 가지 말까?"

민용이 금세 풀이 죽는다.

"형, 지금 장난합니까? 지금 뭐든 해야 되지 말입니다. 이제 실업급여도 끝나고 제대로 된 일자리 구해질 때까지 마냥 놀 수는 없지 않습니까? 저도 마찬가집니다. 장기알바 아니더라도 당장 돈을 벌기는 해야 합니다. 누구처럼 생활비 나올 데가 있는 것도 아니고 말입니다."

저커의 단호함에 민용은 덩달아 결연해져서 허리를 쭉 펴본다.

"그럼 내일 새벽 일찍 나가는 겁니다."

민용이 힘차게 고개를 끄덕인다.

"그런데 말이다."

민용은 갑자기 진지해진다.

"너 그동안 하루도 못 쉬었잖냐."

이번엔 저커가 고개를 끄덕인다.

"내일이면 일찍 나가야 하고."

"뭐, 할 수 없습니다. 일자리 생긴 게 어딥니까."

"그래서 말인데, 어디라도 한번 가보자."

"어디 말입니까?"

"가고 싶은 데 없어? 가고 싶었는데 그동안 일하느라 못 가
본 데 없냐고."

저커는 잠깐 생각에 잠긴다. 가고 싶은 곳이 있었던가.

"가까운 데는 갈 수 있겠다."

먼 데는 어디고 가까운 데는 어딘지.

"형은 있습니까? 어떤 데 말입니까?"

민용도 바로 답하지는 못한다. 가까우면서, 가깝다는 게 어
느 정도 거리인지 모르겠지만, 가고 싶었던 곳.

"형, 형은 왜 이리로 왔습니까?"

별안간, 그러나 이제야 겨를이 생겼다는 듯 저커가 묻는다.

"나? 나야 유로 때문에 고시텔에서 쫓겨난 거지. 알잖아. 당
구장에서 우연히……."

"저는 말입니다. 그날 당구장에서 형들이 나갈 때 뒷모습을
한참 쳐다봤습니다. 강남에서 살 사람들이라서 말입니다."

"⋯⋯."

"저도 한 번은 살아보고 싶었습니다. 비록 곧 철거하는 낡은 아파트라도 말입니다. 이런 식으로라도 살아보지 않으면 제 인생에 강남 아파트는 없는 곳이니까 말입니다. 그때 여기 시세를 찾아봤는데 말입니다. 제 월급으로 80년 넘게 모아야 살 수 있더란 말입니다. 지금은 더 올랐겠지만 말입니다."

저커는 웃지도 찡그리지도 않고 말한다. 민용은 잠시 말이 없다가 천천히 입을 연다.

"⋯⋯그럼 말야. 이 동네 사람들이 잘 가는 데를 가보는 건 어때?"

"그게 어딥니까? 백화점입니까?"

"야, 우리가 아줌마냐? 연후가 지금 공시생이라 그렇지 전에는 걔가 어디서 주로 놀았겠냐?"

민용의 물음에 저커는 어디로 가야 할지 비로소 알 것 같다.

*

연후는 아까부터 그냥 나갈까, 수업을 계속 들을까 갈등 중이다. 이 나이에 공부하겠다고 몇 시간째 몸을 뒤틀며 앉아 있는 건 정말 고역이다. 하긴 저 앞줄에 앉은 인간은 적게 잡아도 서른 후반은 되어 보이던데 저 인간을 봐서라도 좀 버텨

볼까, 하는 마음으로 들썩이는 엉덩이를 꾹 누르고 있다. 강사는 마이크를 차고도 얼마나 소리를 지르는지 앞줄에 있으면 침이 튄다. 언젠가 별생각 없이 앞줄 한가운데 앉았다가 계속 뒤를 돌아보았다. 혹시 빈자리가 있나 하고. 그러니 지금 폭포수 같은 침 세례를 견디고 있는 저 늙수그레한 인간을 위안 삼는 거다. 연후는 이 수업을 세 바퀴째 듣고 있는데, 강의 초반에 하는 휜소리도 딱 세 번째다. 이젠 다 외울 지경이다. 희한하게도 시험에 안 나오는 이야기는 머리에 쏙쏙 들어온다. 그래서인지 지금 듣고 있는 이야기도 처음 들었을 때부터 고스란히 기억에 남았다.

강사는 '여러분의 학원비는 투자적 지출입니까, 경상적 지출입니까'로 시작했다. 연후는 이 인간이 무슨 소리를 하는 건가, 공시생들이야 다 미래를 위해 투자하는 거지, 본인 돈으로 학원비 내는 사람은 말할 것도 없고 부모 등골 브레이커들도 다 투자 개념인 거지, 기회비용도 있고. 그 정도는 나도 안다고, 하며 코웃음을 쳤다. 두 바퀴째에는 소리가 더 커졌다. 옆 사람이 고개를 홱 돌려 연후를 봤다. 연후는 엄지를 세우며 코를 찡긋했다.

그렇다면 투자적 지출과 경상적 지출은 어떻게 구분됩니까? 강사가 또 물었다. 앞자리의 남학생이 우렁차게 답했다. 붙으면 투자, 떨어지면 경상. 아무도 웃지 않았다. 다른 남학생이 낄낄거리며 말했다. 빚내면 투자, 빚 안 내면 경상. 이번에는 몇몇이 킥킥거렸다.

기준은 '노오력'입니다. 강사가 '노오력'에 힘주어 말했다. 에이, 하고 뒷자리의 한 명이 일어나 나가버렸다. 연후는 그가 작게 투덜대는 소리를 들었다. 개나 소나 다 '노오력'이래.

느낌이 싸했다. '노오력'했는데도 떨어지면 그게 무슨 투자인가. 회수할 게 없는데. 그때까지만 해도 연후는 1년만 열심히 하면 9급 정도는 따겠거니 했다. 서울시든 국가직이든 그 중 하나는 되겠지, 하고. 등본 떼주는 주민센터 직원이 뭐 대단하다고. 그 사람들도 하는데 나라고 왜 못하겠느냐는 근거 없는 자신감이 충만했다.

'노오력'하지 않으면 어림없습니다. 서울대생도 떨어집니다. 이번에도 떨어진 서울대생이 있어요. 7급도 아니고 9급을. 저어기 어디야, 지잡대생은 붙었습니다. 그 친구 내가 아는데 말입니다. 학원 자습실 불 켜고 끈 학생입니다. 왜요? 지잡대라니까 듣는 지잡대 기분 나쁩니까? 서울대고 지잡대고 다 잊어버리세요. 소용없어요. 벌거벗고 목욕탕 왔다 생각하세요. 강사의 입에서 쉬지 않고 침방울이 튀었다. 마흔하나, 마흔둘, 마흔셋……. 한쪽에서 누군가 수업해요,라고 볼멘소리를 했다. 연후가 옆 사람을 쿡 찌르며 마주보고 웃었다. 그는 약간 당황해서는 어정쩡한 웃음으로 답했다. 수업이 끝날 때 연후가 교재를 챙기며 물었다. 형, 맥주? 소주? 그 형이 민용이었다.

강사는 똑같은 말을 토씨도 안 바꾸고 하고 있는데, 웃기는 건 수강생들의 반응도 거의 똑같다는 거다. 오늘은 그날의 '민용'도 없고 연후는 꾹 참고 앉아서 수업을 듣거나 박차고 나가서 배회하거나 둘 중 하나를 선택해야 한다. 나가기에는 자리가 좀 나쁘다. 어쩌다 3인용 책상 가운데 자리에 앉게 됐는지. 나가려면 저 두꺼운 뿔테 안경을 쓴 여학생을 거쳐야 한다. 연후는 어쩔까 고민하느라 이어지는 수업 내용이 귀에 잘 들어오지 않는다. 나갈까, 말까, 속으로 수십 번 반복하다가 나가면 뭘 하지, 집에 갈까, 집 아니면 갈 데가 있나, 만날 사람이 있나, 하는 생각으로 옮겨간다. 어느 물음에도 시원한 답이 없다. 노량진에 살 때는 근처에 고시텔이나 민용이 있었지만 지금은 사정이 다르다. 게다가 며칠 전부터는 당구장을 그만둔 저커가 오후부터 집에 있다. 눈치가 보인다. 저커라면 수업을 빠지는 일 따위는 절대 없겠지. 애초에 이 비싼 학원비를 내고 학원에 다닐 형편도 아니겠지만, 만약, 아주 만약, 학원에 다닌다면, 한 번 빠질 때마다 분당 얼마를 날리는지 계산해볼 놈이니까. 그것도 기회비용까지 쳐서.

당구장에서 끝까지 자리를 지키다 같이 들어간 날 저커는 울었다. 그날 밤 식구들은 따뜻한 밥상을 차려놓고 둘을 기다렸다. 아니 저커를 기다렸다. 이안과 민용은 마치 엄마 아빠처럼 상에 붙어 앉아 저커가 밥을 먹는 모습을 지켜봤다. 저커는 울먹이며 국을 떠먹고, 밥을 뜨고, 고기를 씹다가, 질질 짜다가, 팔목으로 눈물을 닦으며 엉엉 울고 말았다. 미리 연락을 해두긴 했지만 그렇게 상까지 차려두고 기다릴 줄은 몰랐기 때문에 연후도 두 사람에게 무척 감동했다.

"이참에 조금 쉬어. 그것도 괜찮아. 인생 길다."

이안이 저커의 등을 투덕투덕 두드렸다.

"뭐, 쉬어도 돼. 너만 쉬는 것도 아니고."

분명히 농담이었는데 연후가 해서였을까, 분위기가 이상해졌다. 이안과 민용이 갑자기 벌레 씹은 표정을 했다가 몸에 붙은 벌레를 털어내듯 금방 털어냈다.

"어, 너는 쉬고 나는 이제 그만 쉬어야지. 한집에 셋이나 쉬는 건 좀 이상하다."

민용이 수습이랍시고 말하자마자 분위기는 더 가라앉았다.

"아니, 왜 셋이야? 저커는 오전 알바 갈 건데?"

연후의 말에 저커가 흐느끼면서 웃었다.

"나도 이제 일하러 갈 거다."

"진짜?"

이상했다. 민용이 일하러 갈 거라는데. 잘된 일인데. 축하해줘야 하는데. 연후는 갑자기 배신감 같은 게 느껴졌다. 이제 민용마저 취직하면 나는 어쩌나. 저커는 워낙 억척인데다 아직 복학이 남아 있으니 별걱정 없을 테고. 게다가 저 녀석은 사막에 던져놔도 오아시스 파서 집을 지을 놈이다. 믿었던 민용마저 취직을 하면 한심한 인간은 자신뿐.

아, 진짜! 자기도 모르게 짜증을 내자 옆자리 여학생이 한 번 흘긴다. 에이, 진짜! 나갈까!

*

강남역까지 걸어서 10분이다. 이렇게 가까운 곳을 이제야 왔다는 사실이 억울해진다. 오후의 강남역은 정신을 차릴 수 없다. 사람이 너무 많다. 노량진 풍경과는 전혀 다르다. 여자들은 지나치게 예쁘고 화려하고 남자들도 마찬가지다. 그런데 이들은 왜 이렇게 바쁠까. 다들 어디로부터 와서 어디로 가는 중일까. 캐리어를 끌고 다니는 사람은 또 왜 이렇게 많은 걸까. 요란한 차림새의 행인들은 강물처럼 한 방향으로 흐른다. 아니다. 딱 그만큼의 행인들이 반대 방향으로도 흐른다. 거대한 두 줄기 물결에 쓸려 민용과 저커는 이리저리 부유한다. 의류 매장, 커피숍, 성형외과, 학원 들이 즐비한 이 거리에 가만히 서 있는 사람은 없다. 목적지가 없는 사람은 둘밖에 없는 것 같다. 사람들은 평균 속도에 못 미치는 둘의 어깨를 툭툭 건드리며 앞지른다. 물살을 이루는 물방울이 저 혼자 뻗댈 수 없는 것처럼 둘은 어느새 걸음이 빨라진다. 어, 하는 사이에 신논현역이다.

"이제 어디로 갑니까?"

교보 앞에서 저커가 민용에게 묻는다.

"일단 건너자."

저커는 엄마 옷자락을 놓칠세라 쩔쩔매는 아이마냥 민용에게 바짝 붙는다. 길고 긴 횡단보도를 건너 다시 강남역으로 방향을 잡는다. 또 의류 매장과 커피숍과 성형외과, 학원 들. 사이에 미용실이 있다.

"형, 그 머리 이제 좀 어떻게 해야 되지 말입니다."

"많이 이상하냐?"

"형 눈에는 괜찮아 보입니까? 셀프로 할 게 따로 있지 말입니다."

민용이 손빗으로 머리를 이리저리 쓸어본다.

미용실에 들어서자 쫄티를 입은 초록 머리 남자가 맞는다. 처음이냐, 처음이다, 뭐 하실 거냐, 커트, 원하시는 디자이너 선생님이 있느냐, 없다, 30분 정도 대기해야 한다, 괜찮겠느냐, 남는 게 시간이다…… 뭐 이렇게 복잡한가 싶은 통과 의례를 거쳐 마침내 둘은 대기 소파에 나란히 앉는다. 직원이 와서 음료 주문을 받는다. 제대로 만들어진 메뉴판이다. 안

먹어도 된다고 하려다 보니 이게 공짜네? 둘은 카푸치노를
시킨다. 아메리카노보다 비싼 거니까. 메뉴판은 여러 장으로
되어 있다. 한 장은 음료, 한 장은 펌, 또 한 장은 염색, 커트,
메이크업. 이렇게 분류된 메뉴판은 고급 식당 메뉴판 못지않
다. 고급 식당은 가본 적 없지만 메뉴판이야 뭐 드라마 같은
데도 나오는 거니까. 둘은 메뉴판을 뒤적거린다. 펌은 역시
비싸구나. 염색도 역시 비싸구나. 민용이 가격을 손가락으로
가리키고 둘은 경악의 눈빛을 교환한다. 펌이나 염색은 그렇
다 치고 커트가, 저커가 손가락으로 짚은 가격이, 세상에! 삼
만 원이다! 직원이 마침 카푸치노를 가져온다. 둘은 카푸치노
를 받아들고 어쩔 줄 모른다. 이걸 시키기 전에 가격표를 먼
저 봤어야 하는 건데! 민용이 컵에 입을 대려는 순간 저커가
말리는 눈짓을 한다. 형, 그거 마시면 못 나갑니다. 나가? 지
금 나가? 그럼 삼만 원인데 할 겁니까? 둘은 눈짓만으로 이런
대화를 나눈다.

　카푸치노 컵을 꼭 쥐고 마시지도 내려놓지도 못하고 미용
실을 두리번거린다. 또래 남녀가 나란히 앉아 거울을 통해 대
화를 나눈다. 커플인가보다. 남자는 염색을, 여자는 펌을 하
고 있다. 저 둘은 지금 삼십오만 원을 이 자리에서 홀렁 쓰는
구나. 삼십오만 원. 민용이 컵을 내려놓는 것을 본 저커가 따
라서 내려놓고 일어선다. 계산대 직원의 눈길이 따라붙는 걸

의식하면서 두 사람은 서둘러 밖으로 나온다. 쪽팔림은 잠깐, 소비의 타격은 긴 법이다.

도망치듯 미용실을 나온 둘은 전철역 입구까지 쓸려간다. 11번 출구 옆 가설무대에서 관광객들이 사진을 찍고 있다. 강남 스타일이라는 간판이 붙은 무대에 오른 그들은 싸이의 말춤이라도 출 기세다. 언제적 싸이냐고. 하긴 BTS 춤은 너무 어렵지.

"찍을까?"

민용이 말해놓고도 민망한지 발끝으로 바닥을 쿡쿡 찍는다. 저커는 전화기를 꺼내 그런 민용을 찍는다. 찍지 말라고 손을 내젓는 모습이 연속으로 담긴다. 민용이 복수하듯 저커를 찍는다. 둘은 서로 피하면서 찍고 찍힌다. 남겠지. 이런 사진은. 저커는 민용과 어깨를 걸고 셀카를 찍는다. 이런 건 너무나 어색하지만, 어색해서 둘 다 웃는 건지 찡그리는 건지 모를 표정이 되어버렸지만, 남기고 싶다. 지금, 여기, 우리.

사진을 찍고 나자 다시 갈 곳이 없는 상태가 된다. 소비문화의 첨병들이 열병하고 분열하는 이 거리에 민용과 저커의 자리는 없다. 광고판 사이에 끼인 샌드위치맨의 자리 정도라면 모를까. 이런 주눅, 이런 부조화에 현기증이 인다. 둘은 말하지 않아도 이제 그만 이 구역을 벗어나야 할 때임을 안다. 고층 빌딩의 유리 외장재에서 튕겨나온 햇살이 아프게 찌른다. 눈이 아니라 마음을.

흥이 깨져버린 두 사람은 집으로 향한다. 돌아와 거울 앞에 선 팬티 바람의 민용은 펼친 비닐봉지를 어깨에 두른 참이다.

"귀만 자르지 마. 참, 앞머리 자를 때 절대 눈썹에 맞추지 마라."

"형, 이 가위 웬 겁니까?"

"샀다. 본전 뽑으려면 많이 써야 돼."

"자를 줄도 모르면서 왜 샀습니까? 안 비쌉니까?"

"비싸. 날이 요상하게 생긴 그게 무려 칠만구천 원이야. 이천 원짜리 코털가위 사려고 검색하다 샀다."

"코털가위 다이소에서도 파는데 말입니다⋯⋯."

저커가 머리카락을 두 손으로 잡고 좌우 길이를 비교하는 시늉을 한다.

"어? 좀 해봤냐?"

"말 시키지 마십시오. 삐뚤어집니다."

민용은 눈을 질끈 감는다. 커트가위로 뒤쪽을 썸빽썸빽 자를 때 눈을 번쩍 떴다가 다시 감는다. 튜닝가위로 바꿔 잡은 저커가 공을 들인다. 사각거리는 가위소리가 욕실을 울린다.

"다 됐습니다."

민용이 천천히 눈을 뜬다.

"야! 너, 죽는다?"

거실에서 유로가 냥, 하고 운다. 민용이 가위를 낚아채고 저커에게 비닐봉지를 두른다.

산책로에 덤 앤 더머가 출현했다고 유튜브에 뜬다면 그건 민용과 저커일 가능성 백 퍼센트다. 둘은 수시로 머리칼을 흩뜨리며 산책로에 오른다.

"괜히 나온 거 아닙니까?"

"왜? 괜찮아, 금방 적응돼."

민용의 태연한 말에 저커가 부루퉁해져서 머리칼을 넘긴다.

"이안 아저씨가 알려주더라. 이 길이 저쪽은 사평로까지, 너 사평로 모르지? 암튼 저쪽으로 엄청 길고, 이쪽은 남부순환도로까지 연결돼 있어. 일단 거기까지 가는 거다."

"이런 데가 다 있었습니까? 몇 달을 살고도 몰랐습니다."

오른쪽에 방음벽을 낀 산책로는 조금 걸어나가자 양쪽에 숲을 거느린 오솔길이 된다. 길어진 오후 햇살이 잎사귀 사이로 어른거리고 새소리가 섞인다. 할머니가 지키고 있는 고향 집에 이런 산책로는 없다. 시골길은 도로 아니면 농로다. 종일 몸을 쓰는 시골 사람들은 산책을 하지 않는다. 그러고 보면 산책이란 도시에서나 먹히는 고급 유희다. 아파트와 고속도로 사이에 놓인 흙길은 호젓하다. 집값은 집의 값이 아니구나. 그 집에 살면서 누릴 수 있는 주변의 모든 편의시설과 풍광과 그 집에 산다는 자부심의 값이구나. 자부심의 내역에 이런 산책로도 포함되겠고. 그래서 다 쓰러져가는 아파트가 변두리 새집의 몇 배 가격인 거고. 저커는 민용의 뒤를 따라 걷는다. 가만 보니 뒷머리도 삐뚜름하다. 나중에 다듬어줘야지. 그러다 더 짧아지려나.

"운동이나 한 판 하고 갈까? 운동한 지 얼마나 됐더라……."

야생화가 심긴 화단 저편에 운동기구 몇 개가 설치되어 있다. 민용이 시적시적 걸어가 상체 운동 기구에 앉는다. 뒤따라간 저커는 허리를 돌리는 기구 위에 선다. 운동이 얼마만인가 기억을 더듬으며 몸통을 비틀어 본다.

"군대에서 축구한 이후로 처음입니다."

"야야, 그건 너무했다. 노량진에서 한 번도 안 했다고?"

"언제, 어디서 합니까?"

"거기 큰 공원 있는데…… 흐읍…… 후우…… 운동 기구도 많고 축구장도 있다."

민용이 숨을 들이마시며 기구를 들어올렸다 다시 내쉬며 내린다.

"있는 줄도 몰랐습니다."

"운동과 노동은 다른 거다. 노동은 몸을 갉아먹는 거지, 흐읍…… 후우…… 튼튼하게 만드는 게 아니야."

"형은 좀 했습니까?"

"나도 딱 한 번 가봤다."

민용이 머쓱해하며 일어난다.

"게을러서."

이번에는 그 옆의 큰 바퀴를 빙글빙글 돌린다.

"이게 무슨 운동이 되냐?"

민용이 손잡이를 홱 놓는다. 바퀴가 관성으로 횡횡 돌아간다.

"그건 노인들 어깨운동 하는 겁니다."

저커가 킥킥거린다.

"야, 그건 뭐 운동이 되겠냐? 허리 좀 비트는 게. 가자."

산책로는 남부순환도로에서 끝난다. 민용은 목적지를 미리 생각해둔 듯 주저 없이 오른쪽으로 방향을 잡는다.

"어디로 갑니까?"

"먹고 자고 입는 거 말고 다른 걸 좀 하러 간다."

"그게 운동 아니었습니까?"

"저건 운동도 아니라니까!"

뉘엿한 햇살을 거슬러 도착한 곳은 예술의 전당이다. 이름만 들어봤지 와본 건 처음이다. 민용도 그렇다고 한다. 멀리서 본 오페라 하우스는 갓 모양의 지붕이 좀 우스꽝스러워 보이지만 그런 말은 서로 하지 않는다. 민용이 디스커버리 130주년 기념 전시회 현수막 아래에 멈춰 선다.

"이걸 보는 거지."

저커는 입장료 생각부터 한다.

"내가 쏜다!"

매표소로 돌진하는 민용의 팔을 저커가 잡는다.

"형, 시간 다 됐습니다."

"아직 남았다."

"가성비가 너무 낮습니다. 차라리 다른 걸 하는 게 좋지 말입니다."

"다른 거? 다른 거 뭐?"

저커가 카페를 가리킨다.

"저런 데 한번 가보고 싶었습니다."

민용이 실망한 얼굴로 카페와 저커를 번갈아 본다.

"저렇게 푹신한 의자가 있는 카페 말입니다. 학교 앞이나 노량진 같은 데 있는 커피숍 말고 이런 고급진 곳 말입니다."

"먹는 건 안 한다니까."

"저기가 꼭 먹으러 가는 곳은 아니지 않습니까."

저커의 표정이 너무 간절해서인지 민용도 더는 토를 달지 않는다. 두 사람은 전시회 티켓 대신 커피를 사서 앉는다. 민용이 커피잔을 들어 천천히 향을 맡는다. 저커도 민용을 따라 한다. 향은 그냥 커피향이다. 굳이 맡지 않아도 카페 안은 온통 커피향이고.

"우리 이거 마시고 나면 뭐 합니까?"

"뭐 하고 싶냐?"

"……하는 것도 아니고 안 하는 것도 아닌 그런 거 하고 싶습니다."

"……."

"항상 뭘 해야 했습니다. 그것도 열심히 말입니다. 못 하는 거 말고 안 하는 거 같은 거, 그런 거 한번 해보고 싶습니다."

"이놈 이거, 은근히 어려운 놈이라니까……."

둘은 말없이 커피만 홀짝거린다. 못 하는 거 말고 안 하는 거 같은 거. 그게 뭔지 정성을 다해 궁리한다.

"나가자. 좋은 생각이 났다."

민용이 남은 커피를 테이크아웃 컵으로 바꾼다. 저커는 기대에 차서 민용을 따라나서며, 한편으로는 아쉬운 듯 앉았던 자리를 몇 번이나 뒤돌아본다.

예술의 전당은 넓다. 웅장한 건축물과 크고 작은 광장, 탁 트인 계단의 규모가 상상 이상이다. 둘은 천천히 계단을 올라 분수대 앞까지 간다. 노천카페의 테이블에 느긋하게 앉은 사람들은 하나같이 말끔하고 밝은 차림새다. 저커로서는 결코 익숙해지지 못할 분위기다. 어쩌면 민용도. 둘은 커피를 들고 거닐어본다. 음악에 맞춰 춤추는 물줄기와 오페라 하우스의 위용, 국립국악원 앞마당의 고요, 기프트 숍의 앙증맞은 물건들을 누리며 천천히. 어떤 이들의 일상이 두 사람에게는 특별한 일이 되어 시간은 부드럽게 흐른다.

"그런데 말입니다. 아저씨는 어디 가셨습니까? 저는 집에 계시는 줄 알았습니다."

"그러게. 주로 산이나 으르라나 그런 데 가시는데 요새는 다른 데 가시는 것 같기도 하고."

"집 나서면 다 돈인데 말입니다."

저커는 그새 식어버린 커피를 두 손으로 감싸 쥔다.

*

추석 연휴에는 쉰다고 해놓고 그중 하루는 나오라는 게 말이 되나. 특근수당을 준다고 했지만 민용은 내키지 않았다. 이안이 집에 가지만 않았어도 못 나간다고 버텼을 것이다. 하필 추석 당일에 걸릴 게 뭐람. 몸도 연휴를 알아차리는지 내일 출근할 생각만으로도 벌써 두 배는 피곤하다. 시작한 지 제법 됐지만 일이 몸에 붙지 않는다. 아니, 몸은 어느 정도 익숙해졌는데 도통 마음에 붙지 않는 것이 문제다. 일단 일이 너무 고되다. 소파 검사라는 생소한 말에 혹해서 덥석 시작했더니 진짜 노동은 소파를 옮기는 일이었다. 상하차가 아니라고 명시된 대로 상하차만 하지 않을 뿐, 종일 소파를 들었다 놨다, 가져갔다 가져왔다 하는 일. 게다가 멀기는 좀 머냐고. 기대와 달리 셔틀 버스 운행구간은 전철역과 작업장 사이고 민용은 출퇴근만으로도 진이 빠진다.

저커 녀석은 대단했다. 꾀를 부리지 않았다. 민용이 가끔 담배를 피우러 슬며시 사라지곤 하는 데 반해 저커는 빠르지도 느리지도 않은 동작으로 기계처럼 일했다. 한결같다는 말을 구체화한다면 그건 노동하는 저커의 몸이 될지도 모른다. 녀석이 그만둔다고 했을 때 사무실에서 따로 불러 설득했을 정도였다. 민용은 그들의 행태가 괘씸했다. 저커가 여기서 뼈를 묻을 것도 아니고, 누가 여기서 뼈를 묻고 싶겠느냐만, 복학도 해야 하고 본격적인 취업 시장에 한 번 나가보지도 않은 녀석을 아무 비전도 제시하지 못하면서 일단 붙잡고 보려는 행태. 민용은 저커의 등을 떠밀었다.

"오래 다니다간 몸 곯고 복학도 못한다."

"저도 고민 중입니다."

"고민할 거 없다. 그만둬."

"형은요?"

"나도 어떻게든 다른 길 찾아야지. 그때까지는 버티고."

미안한 말이지만, 그곳에서 오래 버티는 사람은 주로 이주 노동자다. 그래도 나는 저들보다는 유리한 거 아닌가, 잠깐 생각하다가, 다시 아니, 그럴 것도 없지, 하면서 하루에도 몇 번씩 마음이 오락가락하는 가운데, 일에 치이다 문득 제정신이 돌아오면 민용은 한숨이 나왔고, 쌓인 일거리를 보면 숨이 턱 막혔다. 각오한 일이었으나 현실은 예상을 뛰어넘었다. 뭔들 아니겠는가. 그나마 퇴근 시각은 정확한데 그렇게 되는 이유는 더 이상 버틸 힘이 남지 않아서라는 점을 감안하면 그 또한 울적한 일이고. 민용은 퇴근길 차창에 뒤통수를 처박으며 졸고 집에 오면 바로 드러눕는다. 다른 일자리를 알아보기는커녕 손가락 하나 까딱하고 싶지 않다.

이안이 차려준 밥이 아니었다면 쓰러졌을 거라고 민용과 저커는 종종 농담처럼 말했다. 이안이 엄마 같다고. 아빠가 아니라 엄마. 이안이 없는 곳에서 둘은 이안 엄마, 라고 부르곤 낄낄거렸다. 저커는 엄마라는 말이 자기 입에서 나왔다는 사실이 신기한 모양이었다. 장난으로라도 그렇게 부르고 나면 표정이 복잡해지곤 했다. 민용이 출근하기 시작하면서 이안은 집안 살림을 도맡아 하게 되었다. 장을 봐다가 밥을 하는 것은 물론 청소까지 이안이 했다. 잘한다고 하기는 어려웠지만 나름대로 애를 쓰는 중이었다. 저런 사람이 왜 집을 나와 이러고 있을까. 물어볼 수는 없었다. 현실은 늘 예상을 뛰어넘는다. 감당할 수 없는 답이 나올까봐 겁이 났다. 멀쩡한 회사원이 퇴직한 다음 여기서 이러고 있다면 멀쩡하지 않은 자신은 나중에 대체 어떤 노년을 맞이할까, 하는 두려움을 멀찌감치 밀어놓고 싶었다.

민용은 삐죽이 끝을 내민 새 발톱을 물끄러미 내려다본다.

둘째 발가락이다. 새까맣게 죽은 엄지발톱은 덜렁거리나마 아직 붙어 있다. 곧 떨어져나가겠지. 아차, 하는 사이 손가락도 잘리고 팔도 말려들어가고 심지어 온몸이 그러기도 한다는 공장에 비하면 아무것도 아니라고, 마음을 추슬러봐도 발톱을 보면 기분이 한없이 가라앉는다.

아무리 생각해도 오래 버티기 어려운 일이다. 고되고 비전 없는 육체노동이야말로 바로바로 대체되는 일자리다. 여기만 해도 그만두거나 새로 오는 사람이 거의 매달 있다. 오래 있겠다고 해놓고 다음날 오지 않은 사람도 있었고 너무 오래 있었다면서 훌쩍 사라진 사람도 있었다. 따지고 보면 10년 전에 해본 철거 노동 다음으로 힘든 일이다. 부서진 폐자재를 치우는 일을 이틀 하고 사흘간 몸살을 앓았었다. 당일 알바로 품을 판 이틀과 월급 받는 붙박이 노동을 비교하는 것 자체가 벌써 말이 안 되기는 하지만.

몸을 쓰지 않는 일은 없을까? 그럼 머리를 써? 머리 쓰는 시장은 진입장벽이 너무 높다. 아니, 진입했다가 튕겨나오지 않았나. 아닌가, 그건 손가락을 쓰는 거였나. 주로 컴퓨터 앞에서 단순한 일을 처리했으니. 제일 좋은 건 돈을 쓰는 건데. 돈이 돈을 버는 자본주의 사회니까. 돈. 유로야, 네가 돈 좀 줘라. 유로도 좋고 달러도 좋아. 민용은 유로를 안고 소파에 쓰러지듯 눕는다. 저커가 곧 들어오겠지. 밥을 해야지. 오늘은 내가 밥을……. 민용은 까무룩 잠에 빠진다.

*

노량진의 분위기가 어딘가 다르다. 계산대에만 있어도 알
수 있다. 빛나든 침침하든 청춘의 거리다운 기운이 흘러다니
던 이곳도 추석 연휴가 되자 특유의 분위기가 사라졌다. 집으
로 갈 사람은 가고 갈 곳이 없거나 가고 싶지 않은 사람만 남
았을 것이다. 동네 주민들이 아닌, 한시적으로 노량진에 머무
는 사람들은 표시가 난다. 표정이나 어깨 같은 데가 미묘하게
다르다. 푸석한 피부에 스민 긴장과 조금 처진 각도를 달고
다닌다.

저커는 한 달 만에 예의 편의점으로 컴백했다. 혹시나 해서
바뀐 사장에게 연락처를 남긴 게 역시 효과가 있었다. 가족끼
리 감당한다는 게 말이 쉽지, 사장 가족은 한 달 만에 손을 들
었다. 저커는 평일 알바로 다시 투입되었고 주말에도 가끔 불
려나갔다. 연휴에는 사흘간 오전 오후를 책임지기로 했다. 일
도 별로 없으니 알바를 쓰고 싶지 않았겠지만 사장 가족은 지
방에 가야 해서 어쩔 수 없는 모양이었다.

편의점은 모처럼 한가롭다. 저커는 평소와 달리 빈둥거리
며 음악도 이것저것 검색해서 틀어보고 느긋하게 커피도 한

잔 마신다. 시간이 많다고 느껴본 건 요즈음이 처음이다. 편의점 일이 끝나면 퇴근 인파에 섞여 귀가한다. 누가 들어와 있을까 궁금해하면서. 귀가 1순위는 주로 저커다. 저커가 도착하면 잠시 후 민용이 땀에 절어 들어오고 연후는 귀가 시간이 들쑥날쑥하다. 이안은 산책을 다녀오고 나면 대체로 집에 있는 눈치다. 민용이 엘피판을 끙끙거리며 날라놓은 후 이안은 단출한 턴테이블을 하나 장만했다. 종일 음악을 듣는지 귀가해 보면 엘피판 몇 장이 바닥에 흩어져 있곤 한다. 저커로서는 도무지 알 수 없는 뮤지션들인데다 엘피판을 직접 보고 만져본 것도 처음, 턴테이블이란 물건도 처음이었다. 오디오 기기 자체가 처음이었다. 턴테이블은 고사하고 CD플레이어, MP3 중 어느 하나도 가져본 적이 없었으니까. 게다가 이것들은 모두 저커 세대에게는 한물간 물건들이다. 저커가 적극적으로 음악을 트는 경우는 편의점 알바를 할 때뿐이다. 한 곡씩 신중하게 선택하는 건 아니고 덩어리째 하나를 선택해두면 알아서 한 곡씩 풀어내는 시스템이니 어떤 의미에선 여전히 수동적이다. 오늘은 예외적인 날이고.

언제까지 편의점 알바를 해야 할까? 아니, 언제까지 알바를 해야 할까? 저커는 언제부턴가 전에 하던 계산을 하지 않게 되었다. 언제까지 얼마를 모아야 등록금이 되고 또 얼마를 모아야 학기 중에 얼마씩만 벌면서 버틸 수 있는지, 매일 계산기를 두드려가며 확인, 또 확인하던 습관이 사라졌다. 완전히 사라진 건 아니고, 어쨌든 월세와 관리비, 생활비를 계산해야 하므로, 매일 하던 계산은 이제 한 달이면 두세 번 하는 수준으로 뜸해졌다. 그리고 중요한 변화가 생겼다. 전에 없던 지출항목이 하나 추가된 것이다. 용돈이다. 저커는 이제 가끔 커피도 사서 마시고 유료 웹툰을 보기도 한다. 소액으로도 생활에 기름기가 도는 느낌이다. 일체의 욕망을 거세한 상태보다 확실히 짜릿한 맛이 있다. 알고 보니 자신에게도 욕망이란 게 있었다. 하긴 그래서 오로라 아파트에 살게 된 거지만. 눌러 오기만 했던 욕망이 분별없이 튀어오를까봐 겁이 나기도 하지만, 고작 몇만 원으로 신세계에 진입한 기분을 느끼는 자신이 우습기도 하다. 참 소박하기도 하지. 저커는 아직 따뜻한 커피를 한 모금 머금고 음미한다. 돈의 맛. 달달하고 쌉싸름한 천삼백 원어치의 맛. 다시 이어지는 생각은 언제까지 알바를 해야 할까이고, 그 생각을 털어내고 싶어지고. 이러는 동안 퇴근시간이 된다.

현관문을 열고 들어서자 밥 냄새와 증기 배출 소리가 저커를 맞는다. 민용은 보이지 않는다. 혼자라는 뜻이다. 이 집에 들어오고 나서 혼자 있어본 기억이 없다. 가장 일찍 나가서 가장 늦게 들어왔고, 일찍 들어오게 된 후에는 이미 이안이 있었다. 이렇게 호젓하고 한갓진 저녁에는 뭘 하면 좋을까. 저커는 집 안을 휘 둘러보다 거실 구석에 놓인 먼지 롤러를 발견한다. 그래, 한가롭게 고양이 털을 치워보는 것도 괜찮겠다. 롤러를 몇 번 굴리기도 전에 고양이 털이 빽빽하게 붙는다. 테이프를 한 장 떼어내고 또 훑는다. 이게 알고 보니 굴리는 것보다 떼어내는 게 귀찮은 일이구나. 유로는 소파 위에 앉아 그런 저커를 지켜본다.

"야, 다 니 거야. 무슨 털이 이렇게 많이 빠지냐. 오늘은 삼촌이 치워준다. 이제 니가 치워. 알았지?"

피식피식 웃음이 난다. 이래서 다들 강아지도 키우고 고양이도 키우고 그러는 건가. 혼자 있을 때 말 걸려고?

"밥 줄까? 더 먹어도 돼? 아빠한테 혼나는 거 아니야?"

저커는 사료 봉지에 그릇을 푹 집어넣어 넘치도록 사료를 퍼 담는다. 유로가 권태가 담뿍 밴 동작으로 소파에서 내려온다. 유로는 먹을 때 허겁지겁 달려들지 않는다. 먹이를 뺏겨본 적이 없어서일까. 경쟁하지 않아도 되는 유로가 이럴 땐 부럽다. 먹는 모습을 한동안 지켜보던 저커는 베란다로 나간다. 내친 김에 배변 모래도 갈아줄 작정이다. 민용이 바쁘고 힘들긴 한가보다. 모래 여유분이 없다. 그렇다면 뭐, 다 방법이 있지. 저커는 바깥 저 멀리의 놀이터를 내다본다. 놀이터는 본래의 기능을 잃은 것 같다. 거기서 노는 아이를 보지 못했다. 푹신하게 깔린 모래가 아깝다.

"뭐 하냐?"

민용이 비닐봉지를 들고 들어와 있다.

"사람 온 것도 모르고?"

민용은 털이 잔뜩 붙은 롤러와 푸짐한 사료 그릇을 보고 입이 벌어진다. 아빠 미소가 따로 없다.

"어디 다녀옵니까? 오늘 쉬는 날 아닙니까?"

"명색이 추석인데 우리도 좀 먹어야지."

민용이 봉지에서 주섬주섬 꺼낸 건 잡채, 나물, 전, 송편이다.

"형은 왜 안 갔습니까?"

밥을 먹다가 저커가 불쑥 묻자 민용은 입에 든 걸 삼키지도 않고 대답한다.

"가면 뭐 하냐. 취직 이야기나 할 텐데. 왜 그런 데 다니느냐 할 거고. 너는 왜 안 가나?"

저커가 머리를 긁적인다.

"할머니…… 기다리시지 않냐?"

"기다립니다. 그래서 더 못 가겠습니다……."

민용은 더 묻지 않는다.

"냉장고에 소주 있다."

저커가 고개를 젓는다.

"내일 출근 아닙니까? 저도 출근입니다."

"오늘 같은 날엔 술도 한잔하고 추석 특선 영화도 보고 그러는 건데."

별안간 도어록 해제 소리가 난다. 민용과 저커가 동시에 현관 쪽을 본다. 이안이다.

"있었네?"

"연휴 끝나고 오신다고⋯⋯."

민용이 젓가락을 내려놓으며 일어난다. 합류한 후로 이안이 집에 다녀온다고 말한 건 처음이었고 실제로 간 것도 처음이었던 것 같은데 왜 벌써 온 걸까. 이안이 자리에 앉자 저커가 수저를 챙기고 밥을 퍼온다.

이안은 묵묵히 밥을 먹다가 두 사람이 눈치만 살피고 있음을 알아채고 씩 웃는다. 웃음은 미간과 입가에서 찌그러진다.

"형이 사왔습니다."

"잘했군. 명절인데."

세 사람은 말없이 먹기만 한다. 이안이 잊고 있었다는 듯 냉장고에서 소주를 꺼내오고 저커가 체념한 듯 잔을 가져온다.

"술 없는 명절은 앙꼬 없는 찐빵이지."

이안은 민용이 얼른 따라준 술을 탁 털어넣는다. 연후라면 그런 아재 같은 비유는 제발 그만두라고 한마디했겠지만 민용은 재빨리 받아친다.

"고무줄 없는 빤스구요."

"오아시스 없는 사막이고."

"피오나 없는 슈렉입니다."

저커의 합세에 이안이 너털웃음을 웃는다. 이번 웃음은 동그랗다. 찌그러진 데 없는 보름달 같은 웃음. 이제 어떻게 된 일인지 털어놓을 차례다. 그런 건 굳이 말하지 않아도 알 수 있다.

"아무도 없더군. 어제 혼자 자고 오늘도 혼자 있다가 왔네. 이게 뭔가 싶더라고."

이안이 소주병으로 손을 뻗자 민용이 잽싸게 가로채 술을 따른다.

"어디 시골 같은 데라도……."

"안 간 지 오래됐네. 다들 돌아가셨거든."

"그럼……."

"여행 갔다는군. 셋이서."

이안의 목소리가 버석거린다. 후추를 쏟아부은 잡채와 전을 안주로 소주 두 병을 비운다. 이안은 안주를 집을 때마다 이마를 찌푸린다. 이 모든 일이 마치 후추 때문이라는 듯. 분위기가 점점 더 침울해진다.

"추석 특선 영화나 틀어야지 말입니다."

저커가 분위기를 좀 띄워볼 양으로 말하자 민용이 말리는 눈짓을 한다.

"레넌은 말이야. ⟨Starting Over⟩를 만들었지. 마지막 앨범에 있어. 요코랑 다시 시작하면서 그걸 만들었다고! 요코는 정말 대단한 여자야. 레넌이 결국 요코를 동반자라고 했지. 그런데! 지가 뭔데! 요코도 아닌 주제에!"

이안이 으르렁거린다.

"아저씨가 레넌은 아니……"

민용이 눈치 없는 저커의 허벅지를 무릎으로 지그시 누른다.

"요코가 아니었으면 비틀스가 그렇게 되지도 않았을 거라고. 어쩌면 레넌도 죽지 않았을지 모르지……"

어느새 한풀 꺾인 목소리다. 그게 다 무슨 쓸데없는 말이냐고 민용 정도 나이만 됐어도 저커는 한마디했을지 모르나, 그러기에는 이안의 나이가 너무 많고, 저커는 사실 비틀스도, 존 레넌도, 오노 요코도 잘 모른다. 요코에 대한 이안의 말이 예찬인지 원망인지도 헷갈린다.

이안은 침울한 표정으로 술을 마시다 추석인데 특선 영화 뭐 하느냐, 추석에는 성룡 영화나 보는 건데 요즘은 그런 것도 안 하고 세상 참 재미없어졌다고 푸념한다. 크리스마스에 〈나 홀로 집에〉를 보고 자란 저커는 성룡이 누구지, 그 쌍꺼풀 수술한 아저씨 말인가, 하고 잠깐 궁금해진다.

"하긴 성룡보다는 브루스지."

"브루스 윌리스요?"

저커가 반갑게 아는 척을 한다.

"아니, 브루스 스프링스틴!"

민용이 확신에 찬 목소리로 정정한다. 이안이 눈썹을 치켜 뜨더니 열렬하게 부르짖는다.

"브루스 리! 이소룡! 절권도! 용쟁호투!"

쌍절곤을 돌리듯 절도 있는 외침에 박자를 맞추며 도어 록 버튼 소리가 나고 문이 열린다. 세 사람은 절도 있게 고개를 돌려 현관 쪽을 본다. 연후가 양손에 쇼핑백을 들고 들어선다.

"어? 다들 있었네?"

연후가 상 옆으로 와 앉고 저커가 쇼핑백 안을 들여다본다.

"이게 다 뭡니까? 뭐가 이렇게 많습니까?"

"난 또 둘이서 쫄쫄 굶고 있는지 알았지."

실망한 척 말하는 연후의 목소리엔 반가운 티가 역력하다. 저커가 먹던 음식을 치우고 쇼핑백에서 꺼낸 음식으로 상을 다시 차린다. 이 정도면 얼마 전 버려진 그 식탁을 주워왔어 야 하는 건데. 어차피 다시 버릴 걸 괜히 비용만 든다고 말린 게 바로 저커 자신이었다.

"내일까지 있을 거라더니?"

"걱정돼서 왔다니까!"

"정말입니까?"

연후가 갈비찜 한 조각을 입에 넣고 우물거린다.

"손님들 온대. 괜찮으면 있든가, 그러더라고. 가라는 말보

218

다 더 무섭지 않냐?"

"잘 왔다."

이안이 연후의 잔에 술을 따르고 연후는 공손히 받는다. 네 사람은 한동안 먹고 마시기만 한다. 조용하다. 씹고 삼키는 소리가 바닥에 납작하게 깔린다.

"달 떴나?"

이안이 뜬금없이 묻는다.

"떴나?"

민용이 따라 묻고 저커가 일어나 베란다로 나간다. 하늘은 맑고 103동과 105동 사이 달이 떠 있다. 이지러짐 없이 커다랗다. 소원을 빌어야지. 몇 시간쯤 미리 빌어도 되겠지. 그런데 무슨 소원? 막상 빌자니 떠오르는 소원이 없다. 내년엔 내년의 보름달이 뜰 테니 1년 안에 이루어질 소원을 말해야 하는 건데. 취업은 아직 아니고, 부자 되기? 1년 만에? 그럼 뭐가 있지? 복학? 알바비 인상? 달에게 비는 소원이 고작 그런 거라니, 짜증스럽다. 그럼 뭐가 있지? 뭐지? 저커는 한참 고민하던 끝에 슬며시 미소를 머금는다. 이걸 빌까, 말까. 몸 속 깊은 곳이 간질거린다.

"야! 달 떴나 보랬더니 혼자 소원 빌고 있냐? 이런 이기주의자!"

연후가 소리치며 다가온다.

"뭐, 여친 생기게 해달라고 비냐?"

연후가 옆구리에 훅을 날리는 시늉을 하며 킥킥댄다. 저커의 귀가 빨갛게 물든다.

*

초록이 사라진 산책로는 흙빛이다. 무성하던 잎들이 바닥을 수북하게 덮기 시작하면서 이안은 생각이 많아졌다. 시간이 얼마 남지 않았다. 철거 예정일은 한 달 정도 남았고 재건축 일정은 별 차질이 없어 보인다. 한 달 후면 선택해야 한다. 집이냐, 다이아몬드 온천이냐. 다른 선택지는 없다.

이안은 나무 사이의 간격을 가늠해본다. 어떤 건 세 걸음, 어떤 건 다섯 쯤. 너무 가깝지도 멀지도 않다. 민용과 연후, 저커와의 간격은 어떨까. 민용과는 셋 정도, 연후나 저커와는 다섯 정도? 아니면 민용과 다섯, 둘과는 열 걸음 정도? 잘 모르겠다. 자신의 짐작보다 훨씬 더 멀리 있을 거라고 설정해둔다. 가깝다고 착각하기보다는 그게 낫다고 마음을 달랜다. 적어도 연후는 지금 나머지 둘보다 멀어진 상태다. 연후는 며칠째 집에서 밥을 먹지 않는다. 아침부터 한 공기를 싹 비우고 나가던 녀석이 인사도 없이 횡하니 나가버린다. 버릇없는 놈은 아니었는데 아주 다른 사람처럼 군다. 못할 말을 한 것도 아닌데.

"맨날 일찍 오면 공부는 언제 하나."

산책을 끝내고 집에 들어갔을 때 소파에 번듯하게 드러누워 있던 연후에게 툭 한 마디 던진 것이 화근이었다.

"맨날 아니거든요."

연후는 반쯤 일어나 앉은 자세로 삐딱하게 말했다.

"어제도 자습시간까지 꽉 채우고 왔거든요."

"그러니까 매일 그렇게 해도 붙을까 말까 한다는데 지난번에도 일찍 들어오지 않았나. 집에 와서는 통 공부를 안 하는 것 같던데. 헝그리 정신이 부족해."

"뭐래. 굶어본 적도 없으면서."

연후가 혼잣말처럼 툴툴거리는 소리가 좁은 집에서 이안의 귀에 들리지 않을 도리가 없었다. 그때 참아야 했다.

"어른이 말하면 들어야지. 내가 그렇게 우습나?"

목소리에 가시가 돋쳤다.

"어른이, 어른이! 그래서 어른들이 잘한 게 뭐 있어요? 어른들이 세상 이렇게 만들었잖아요! 아무리 해도 될 놈만 되고 안 될 놈은 안 되는 세상인데 그럼 어떡하라고요! 할 게 없다고요! 공부도 하는 놈이나 하는 거라고요!"

연후가 갑자기 폭발하는 바람에 이안은 입만 딱 벌린 채 말을 못 했다. 그렇게까지 파르르할 일인가.

"꼰대……."

들릴 듯 말 듯한 한마디를 남기고 연후가 휙 나가버린 후 이안은 소파에 멍하니 앉아 있었다. 심장이 쾅쾅거려서 아무 것도 할 수가 없었다. 딱히 할 일도 없었지만.

다음날 아침 이안은 상을 차리면서 여느 때와 다름없이 연후의 밥을 퍼놓았다. 민용과 저커가 밥을 먹는 동안 연후는 방 안에서 나오지 않았다. 두 사람이 밥 먹으라고 채근하자 연후는 가방을 메고 나가버렸다. 그렇게 이틀이 지나고 이안은 연후의 밥을 푸지 않았다. 그런 소리를 듣고서도 먼저 화해를 청하기는 싫었다. 분명히 들었다. 꼰대에게 대놓고 꼰대라고 하는 건 명백한 선전포고다.

너무 무람없이 대하는 게 아니었는데. 녀석이 공부를 하든 말든 시험에 붙든 말든 대체 무슨 상관이라고. 닿지 않는 사람끼리는 갈등이 없는 법 아닌가. 적절한 거리를 유지했다면 평화가 깨지지는 않았을 것이다. 민용도 저커도 아침마다 이안과 연후의 기색을 살피느라 말이 없어졌다. 두 녀석도 어느새 한 걸음쯤 멀어진 건가. 쓸쓸하다. 하긴 자식들도 아니고 한시적으로 함께 사는 아이들이니 욕심을 버리는 게 맞다. 이안은 산책로의 나무들을 눈으로 짚으며 생각을 이어나간다. 아내나 자식들과의 거리는 몇 걸음일까. 모르긴 해도 적절한 거리는 아니겠지. 이미 같은 숲이 아닐지도 모른다. 숲을 벗어난 사람은 자신이라고 인정해야 하나. 그건 너무 억울하다. 벗어난 게 아니라 밀려난 게 아닌가. 이안은 나무를 볼 때마다 그런 상념에 잠기지만 퍼뜩 정신을 차려 보면 애초에 가족들은 한 그루의 나무라고 믿고 싶어진다.

전화기를 꺼내 유튜브에 접속한다. 지난주에 올린 영상에 좋아요가 네 개 달렸다. 구독자는 여전히 네 명. 유튜브 계정을 만들어준 연후와 연후가 강제로 구독시킨 민용, 저커, 그리고 으르라 주인이다. 영상은 벨벳 언더그라운드의 〈페일 블루 아이즈(Pale Blue Eyes)〉. 곡 앞에 이안이 등장한 게 패착이었을까. 어색한 이안의 표정 위로 눌렸다 튀어오르는 연후의 웃음소리가 지나간다.

이 노래는 오래전 어떤 여자에게 바친 것이었습니다. 미팅에서 만났는데요. 몇 번 못 만나고 차였어요. 노래 때문이었죠. 음악다방에서 디제이에게 이 노래를 신청했어요. 그땐 다들 그렇게 했습니다. 노래 멋지잖아요? 잔잔하고. 루 리드의 목소리 얼마나 감미롭습니까? 유어 페일 블루 아이즈 대신 유어 페일 브라운 아이즈라고 말해줬죠. 음, 다시는 그녀를 만나지 못했습니다. 가사를 제대로 몰랐어요. 가사가 뭐 중요하겠느냐고 쉽게 생각했던 거죠. 나중에 보니 결혼한 여자와 보낸 하루가 좋았다는 내용이더군요. 뭐, 어차피 길게 가긴 어려웠어요. 취향이 너무 안 맞았거든요. 어릴 때부터 클래식만 들었다더군요. 피아노를 잘 친다고 했어요. 저는 피아노보다는 기타가 좋습니다만. 아무튼 그런 곡입니다. 들어보시죠.

소파 위 벽에 음반 재킷을 몇 장 붙여두고 거기 앉아서 녹화한 거였다. 연후가 벽에 재킷을 붙이고 설레발을 치는 바람에 얼떨결에 일이 이렇게까지 된 거지, 이안은 내키지 않았다. 녹화도 연후가 했다. 몇 번을 거푸 해봐도 자신의 목소리와 표정이 너무 낯설어 적응이 되지 않았다. 결국 거실 조명을 끄고 화장실 조명만으로 어둡게 녹화했다. 이럴 거면 왜 하는 거냐고 연후가 진심으로 충고했지만 이안은 스타 유튜버는 부담스럽다고 둘러대고 말았다. 일단 열 개를 만들어서 올려보자고 해놓고 이제 겨우 세 개를 올렸다. 이걸 누가 본다고. 이안은 새삼 얼굴이 달아오른다.

조회 시간은 다 합해서 20분이 되지 않는다. 업로드한 영상이 7분짜리. 이안이 본 것만도 15분은 될 테니 아무도 제대로 보지 않았다는 뜻이다. 이 녀석들이? 아니지, 보지도 않으면서 좋아요 눌러준 게 어딘가. 이안은 기특하게 여기기로 한다. 이런 게 식구지. 암, 그렇고말고. 어? 구독자와 좋아요가 하나 늘었네? 그러고 보니 조회 수는 7이 되었다. 얼떨떨하다. 세상 참 신기해졌군. 하나 더 올려볼까? 무슨 곡으로 하지? 이안은 자못 진지해지다 김빠지게 웃고 만다. 연후가 해줄 것 같지 않다. 부탁하고 싶지도 않고. 유튜버는 무슨 유튜버. 제힘으로 만들어 올리지도 못하는 주제에. 어느새 길은 끝나고 눈앞에 사평로가 가로놓여 있다.

*

민용은 베란다에서 유로의 배변 모래를 뒤적이다 앞 동을 살핀다. 무성했던 나무는 어느새 가지만 남아 앞 동의 창문들이 한눈에 들어온다. 사다리차가 매일 오르내리더니 하루가 다르게 불 꺼진 창이 늘어간다. 몇 가구나 남았을까. 며칠 전에는 관리사무소에서 나온 직원이 퇴거 예정일을 적어갔다. 애초부터 그럴 계획이었음에도 정말 마지막까지 남게 되니 기분이 묘하다. 다들 버리고 가는 동네에 남겨진 아이가 된 것 같다. 비슷한 심정인지 이안과 연후는 퇴거에 대해 별다른 말을 하지 않는다. 저커가 베란다 문을 열고 나와 옆에 선다.

"많이 나갔습니까?"

저커가 턱을 까딱거리며 불이 다 꺼진 가구 수를 센다. 불이 켜진 가구 수를 세는 건지도 모른다. 그게 빠를 것이다.

"……어떻게 하실 겁니까?"

"그러게……."

"다시 고시텔로 갈 수도 없지 말입니다."

저커는 야무지게 간식을 먹고 있는 유로를 힐끔 보며 말한다. 유로 때문이라는 말을 유로 보는 데서 할 수는 없지 않으냐는 듯. 현실이 그렇다. 유로를 데리고는 고시텔로 복귀할 수도 없고, 제법 집다운 곳으로 가자니 모아놓은 돈이 없다. 보증금에 맞추자니 월세가 비싸고 월세에 맞추자니 보증금이 턱없이 부족하다. 어떻게 할 건지 연후에게 물어보는 게 순서일 텐데 선뜻 말이 나오지 않는다. 연후는 여전하다. 들고 나는 시간이 일정치 않고 종일 빈둥거리는 날도 있다. 내 자식이어도 속이 터질 지경이지만 서른을 넘기고도 이러고 있는 마당에 뭐라고 할 처지도 아니다. 이안이 한마디했다가 둘이 여태 냉전 중인 걸 보면 더욱 아무 말도 할 수 없다.

"저 집 말이야."

민용이 건너편 집을 가리킨다.

"우리 들어오고 나서 수리를 했거든. 아까워서 어떻게 나가나?"

"몰랐습니까?"

"뭘?"

"못 나간다고 버티고 있답니다."

"왜?"

"아저씨가 들었다는데 말입니다. 이것도 알박기 같은 거랍니다. 알박기가 뭔지 저는 이번에 알았습니다."

재건축 퇴거에도 알박기가 있다니. 세상에는 날고 기는 사

226

람들이 많다는 말이 실감난다.

"그런데."

"예?"

"참 뻔뻔하기도 하다. 어떻게 그러냐?"

"그러게 말입니다. 저도 깜짝 놀랐습니다. 전직 법관이랍니다. 법을 아는 사람이라 저런다고 아저씨가 그랬습니다."

저커가 길게 한숨을 내쉰다.

"형, 우리는 말입니다. 저렇게는 못 삽니다. 살고 싶어도 말입니다. 수리비까지 다 내놓아야 나간다고 해서 요새 말이 많은 모양입니다. 저러다 웃돈 받고 나가는 사람도 있답니다. 어떻게 그렇게 삽니까, 사람이?"

저커의 턱이 딱딱하게 굳더니 곧 쓸쓸한 얼굴이 된다. 민용은 다시 배변 모래를 뒤적거린다.

"그때 내가 너무 심했지? 이게 뭐라고, 참⋯⋯."

저커가 배변 모래 옆에 쭈그리고 앉는다.

"죄송합니다, 형. 모래면 다 되는 줄 알고 말입니다."

"아니다. 나도 그 생각 했었거든. 여기서 내려다보면 놀이터 모래 뻔히 보이잖냐. 저렇게 많은데 저걸 못 쓰고 돈 주고 사서 써야 하니⋯⋯. 바다에서 목 말라 죽는 것처럼 말이다."

저커가 앉아서는 보이지도 않는 놀이터 쪽으로 시선을 돌린다.

"너, 이거 뭔지 아냐?"

민용이 모래에서 유로 똥을 건져내며 묻는다.

"형, 지금 농담합니까? 고양이 똥이지 뭡니까."

"이게…… 맛동산이다. 맛동산 먹고 즐거운 파티 맛동산 먹
고 맛있는 파티!"

민용이 젓가락으로 골라낸 맛동산을 저커의 얼굴에 들이밀
면서 노래를 부른다. 저커가 몸을 뒤로 빼면서 인상을 쓴다.

"형, 진짜! 뒤끝 작렬이지 말입니다!"

민용이 계속 시엠송을 흥얼거리자 저커도 키득거리며 따
라 부른다. 갑자기 저질 바이브레이션이 강해지더니 눈이 시
큰하다. 생각나겠지, 이 순간이 오래오래.

*

아파트 단지로 들어서면서도 연후는 망설인다. 민용의 말
로는 으르라 상회에서 다들 기다린다고 했다. 연후는 몇 번
으르라 상회에서 물건을 사고 인사를 나누었으나 거기서 술
을 마신 적은 없다. 날이 차지면서 가게 앞에서 종종 맥주를
마시던 이안과 민용도 발길이 뜸한 듯하고. 연후는 머지않아
영원히 사라질 아파트 단지를 천천히 돌아보기로 한다. 으르
라 반대편인 정문 왼쪽으로 방향을 잡는다. 차들이 듬성듬성

228

주차되어 있다. 주차장을 빼곡하게 채웠던 차들이 썰물처럼 빠져나간 자리에 어떤 차는 두 칸을 차지하고 있다. 예전 같으면 난리가 날 일이다. 열악한 주차 사정 때문에 이중 삼중으로 주차를 하던 곳이다. 아침이면 평행 주차된 차들을 몇 대나 밀어야 차를 뺄 수 있어서 힘에 부친 사람을 도와 차를 밀어준 일도 여러 번이었다. 사이드 브레이크를 풀어둔 차를 밀다가 꿈쩍도 않는 게 이상해서 보면 바퀴 앞에 벽돌이 받쳐져 있어 허탈해지기도 했다.

연후는 이런저런 기억을 떠올리며 인도와 주차장 사이의 차도를 터벅터벅 걷는다. 초여름에 캐리어를 끌며 민용과 걷던 길이다. 여름은 지났고 가을도 끝나 기온은 영하로 떨어진 지 오래다. 차가워진 대기와 함께 마음이 얼어붙는 것 같다. 공부도 공부지만 이안과의 냉전 때문이다. 따지고 보면 민용이나 저커는 한 번도 연후를 무시하지 않았다. 연후를 무시하는 사람은 아버지나 엄마, 동생이었지 새로운 가족이라 여겨온 이안이 그런 말을 할 줄은 몰랐다. 피난처에서, 믿었던 아군의 기습을 받았다고나 할까. 그런 건 반칙이잖아.

유튜브에 접속한다. 이안의 계정은 〈페일 블루 아이즈(Pale Blue Eyes)〉에서 진전이 없는 상태다. 구독자 다섯. 좋아요 여섯. 댓글 없음. 이어폰을 끼고 노래를 듣는다. 느린 곡조에 쓸쓸한 목소리. 지금 기분에 어울리는 노래 같다. 가사야 어떻든 좋은 건 좋은 것. 이안은 팝의 창고다. 그것도 대형 마트 만큼 큰 창고. 연후가 팝을 알아서는 아니지만 이안이 불쑥불쑥 던지는 이야기들은 귀를 쫑긋하게 만드는 대목이 있었다. 혼자만 알고 있는 게 아까워서, 또 이안이 뭐라도 하고 싶어 하지 않을까 해서 유튜버를 권했다. 콘텐츠와 성실성을 모두 갖춘 이안 정도라면 꾸준히 할 수 있을 것이다. 시대를 잘 타고나서 취업도 쉽게 했고, 오랫동안 한 회사에 다닌 운 좋은 세대라고 쏘아붙였지만, 성실해서 가능했을 것이다. 아버지만 봐도 비교가 되는 일이다.

이안이 했던 말은 틀리지 않았다. 그 말이 틀려서가 아니라 아픈 곳을 정곡으로 찔려 발끈했던 거다. 다 들킨 느낌이었으니까. 냉랭한 집 분위기가 자신 때문임을 알면서도 사과하는 게 왜 이렇게 어려울까. 다음 곡도 어서 업데이트해야 하고 혼자 찍고 올리는 방법도 슬슬 알려줘야 할 텐데 이런 상태로는 곤란하다. 민용이 일부러 자리를 만들었을 거라고 연후는 짐작한다. 그런데 왜 선뜻 으르라로 가지 못하고 이러고 있는지 모르겠다. 연후는 손톱을 잘근거리며 걷는다. 한동안 잊고 있다가 다시 시작된 버릇이다.

어느 집에선가 음식 냄새가 흘러나온다. 고기 굽는 냄새와 김치찌개 냄새. 이안이 끓여주었던 갱시기 냄새 같기도 하고 저커를 기다리며 침을 삼키던 삼겹살 냄새 같기도 하다.

102동 앞을 지나면서 잠시 머뭇거린다. 거실 창이 밝혀져 있다. 언제부턴가 잘 때를 제외하곤 불을 다 끄지 않는다. 유로 때문이다. 유로는 이제 어디서 살게 될까. 민용은 아무 말이 없다. 이제 12층에는 두 집만 남았다. 놀이터 옆을 지나 101동 앞을 걸어 110동 뒤로 돌아든다. 뒤편 화단에 헌 가구가 잔뜩 부려져 있다. 사정은 동마다 비슷해서 가구와 가전제품이 매일 새로 쌓인다. 수거업체에서는 부지런히 가구를 부수어 실어 나르고 가전제품을 함부로 굴려 수거해간다.

109동, 108동을 지나 107동의 모퉁이를 꺾어들자 으르라의 불빛이 눈에 들어온다. 상가 전체에서 불이 켜져 있는 곳은 지하 마트를 제외하면 으르라가 유일하다. 연후는 107동 옆 화단 가에 쭈그리고 앉는다. 갈까 말까 몇 번이나 마음을 뒤집으며 손톱을 잘근거린다. 왼쪽다리가 점점 저려온다. 엉덩이를 좌우로 움직이면서 양발에 체중을 교대로 실어본다. 의도와는 달리 금방 양쪽이 다 저란 상태가 되어 별수 없이 바닥에 털썩 주저앉는다. 메시지 창을 연다. 네 명이 다 들어와 있는 단체 채팅방에 새로운 소식은 없다. 빨리 오라는 민용의 말이 마지막이다. 이안의 개인 채팅방으로 들어간다. 사과를 하더라도 공개적으로 하기는 좀 그렇지.

개인 창은 처음이다. 막상 메시지를 보내려니 쉽지 않아 눈여겨보지 않았던 프로필 사진을 확대해본다. 긴 머리의 뮤지션이다. 이 사람이 진짜 이안인가? 젊은 날의 이안 길런? 가발을 뒤집어쓴 것 같은 장발에 꾹 다문 입술이 반항적이다. 이안 아저씨는 동글동글한 얼굴에 숱이 헐렁해진 머리칼, 반들거리는 이마, 두툼한 입술을 갖고 있는데. 연후는 이안의 현재 얼굴에서 지방을 덜어내고 머리숱을 더해보고 하는 식으로 젊은 날의 모습을 상상해본다. 그래 봐야 진짜 이안과 닮았을 턱이 없겠지. 닮아서 프로필 사진으로 쓰는 것도 아니겠고. 프로필 사진은 15개나 된다. 하나씩 넘겨본다. 밴드의 연주 장면, 머리를 짧게 자른 백발의, 아마도 나이 든 이안 길런일 뮤지션이 무대에 선 모습, 엘피판 몇 장을 보기 좋게 놓고 찍은 사진, 나뭇가지 사이로 펼쳐진 서울의 전경 등이 이어지다 마지막은 가족사진이다. 순서를 따지자면 그게 최초의 사진이겠다. 단정하게 교복을 입은 아들과 딸, 부인과 함께 스튜디오에서 찍은 사진이다. 아들의 교복은 연후가 입었던 고등학교 교복, 딸의 교복은 연후가 다닌 중학교 교복이다. 연후는 사진을 확대해 보고 짧게 아, 소리를 낸다. 그럴 수 있겠다고 생각하면서도 굳이 확인하려 들지 않은 건 연후만은 아니었을지도 모른다. 같은 아파트 단지에 산 기간이 오래 겹친다는 사실을 이안도 알고 있었으니까. 연후는 잊고 있던 면봉 사건이 떠올라 킥, 웃는다.

엉덩이를 털면서 으르라 문 앞까지 간다. 들어가고 말고는 나중 일이고 우선 분위기만 살필 요량이다. 털 달린 후드를 푹 뒤집어쓰고 유리문 건너로 안을 들여다본다. 유리문에 증기가 서려 안이 잘 보이지 않는다. 연후는 문을 빼꼼 연다. 살짝 분위기만 보려 했는데 찬바람이 휙 들어가 네 명이 일제히 문 쪽으로 목을 뺀다.

"어, 형, 안 들어오고 뭐 합니까?"

"야, 야, 어서 문 닫고 들어와라. 춥다."

저커와 민용이 재촉한다. 이안은 험험, 헛기침을 하고 으르라 주인이 문 닫고 어떻게 들어오냐, 바보냐, 하면서 술병을 집어든다. 이안과 주인은 벌써 불쾌한 얼굴이다. 연후는 못 이기는 척 안으로 들어선다. 가게 한가운데를 차지하고 있던 진열대는 언제 옮겼는지 한쪽 벽면에 붙여져 있다. 그쪽은 텅 비었고 반대쪽 벽의 진열대에 물건들이 듬성듬성 놓여 있다. 전에는 품목별로 정리되어 있던 것들이 이제 종류를 막론하고 무질서하게 늘어서 있다. 잘 팔리지 않는 물건들이겠지. 벌써부터 새 물건을 받지 않는다고 했으니 저것들은 어떻게든 처분만 기다리고 있는 신세일 것이다. 연후는 꼭 가게 안의 네 명, 아니 자신까지 포함해 다섯 명이 저 물건들과 다르지 않게 느껴진다. 팔릴 줄 알고 들였더니 먼지만 뒤집어쓴 물건들, 한때 잘나가던 품목이었는데 어느 날부터 손길이 뚝 끊어진 물건들과 말이다.

저커가 의자를 움직여 공간을 만들어준다. 연후는 또 못 이기는 척 자리에 앉아 눈을 내리깐다. 아무도 깔라고 하지 않았으나 저절로 그렇게 된다. 주눅이 든 건 아니다. 말 많은 연후로서도 입이 열리지 않아서다. 눈앞에 빈 잔이 쑥 들어온다. 이안이다. 연후가 두 손으로 잔을 잡고 내밀자 이안이 술을 따른다.

"폴이 존하고 말야."

이안이 읊조리듯 이야기를 시작한다.

"폴 매카트니하고 존 레넌 말이지."

으르라 주인이 각주를 달듯 덧붙인다. 연후는 잔을 놓고 주머니에서 전화기를 꺼내 만지작거린다.

"끝까지 불화한 줄 사람들이 오해하는데 말야. 아니거든? 어쨌든 둘은 십대 때부터 평생을 함께했지 않나. 존이 너무 일찍 갔지만 말야. 폴이 없었다면 존은 어땠을까?"

이안은 폴 매카트니와 존 레넌이 동네 친구라도 되는 것처럼 친근감을 담아 이름만으로 부른다.

"존이 죽고 나서 폴이 노래를 만들었는데 말야. 존이 죽고 나서 2년 후인가 그랬으니까 아마 1982년이었을 거야. 〈히어 투데이(Here Today)〉라는 노래지. 솔로 앨범 《터그 오브 워(Tug of War)》에 있네. 네가 오늘 여기 있다면 너는 분명 웃으며 말했을 거야. 우린 정반대라고. 뭐 이런 가산데 말야…… 근데 내 말 안 듣고 대체 뭐 하나?"

이안이 낮게 깔린 음성으로 이야기하다 말고 짜증을 낸다. 연후가 잇몸을 드러내며 활짝 웃는다.

"아, 지금 찍고 있잖아요. 계속해보세요."

"여기서?"

이안이 두 손을 마구 내젓는다. 진지하게 듣고 있던 민용과 저커, 으르라 주인이 키득거린다. 계속해! 계속해! 주인이 취한 김에 고함치면서 해병대 박수까지 쳐댄다.

"어, 어, 그러니까 제 말은요."

이안이 갑자기 허리를 세우더니 말투를 바꾸어 더듬기 시작한다.

"하시던 대로 하세요. 편하게요."

연후가 수레바퀴를 굴리듯 한 손으로 계속 원을 그린다. 민용이 재빨리 〈히어 투데이(Here Today)〉를 검색해 배경음악으로 깐다.

"그러니까 폴과 존도 화해했고 또 존이 죽고 나서 폴은 절절히 그리워했고, 에, 또…… 그러니까……."

이안은 손바닥으로 얼굴을 몇 번이나 문지른 다음 긴 숨을 내쉰다.

"제가 지금 영상 찍고 있는 저 친구한테, 아들 같은 녀석인데요, 꼰대질을 좀 했어요. 그런데 사과하기가 그렇게 어렵더군요. 그게 또 꼰대질이겠죠."

　이안이 말을 멈추자 갑자기 조용해진다. 세 사람은 이안에게 집중하고 연후는 전화기 화면을 보고 있다.

　"내가 잘못했네. 미안하다고! 이제 화 좀 풀라고!"

　침을 꿀꺽 삼킨 이안이 외친다. 연후가 왼손 검지와 엄지로 동그라미를 만들어 이안 쪽으로 내민다. 이안이 흠흠, 목을 가다듬고 말한다.

　"그러니까 제 말은, 음, 있을 때 잘하자! 뭐, 그런 말입니다!"

　연후가 넵! 하고 큰소리로 대답하고 나머지 셋은 환호성을 내지른다. 휘파람까지. 연후는 앞에 놓인 잔을 들어 단번에 들이켠 다음 이안에게 잔을 내민다.

　"죄송해요. 제가 너무 심했어요."

　이안이 잔을 채우고 곧 다섯 개의 잔이 부딪친다. 그 후에도 몇 번인지 셀 수 없게 잔들이 부딪치고 다섯 명의 사내들은 흥에 겨워 노래를 부르다가, 시답잖은 말들을 경쟁하듯 쏟아내다가, 잠깐씩 침묵하다가, 했던 말을 또 하고, 불렀던 노래를 처음인 것처럼 다시 부른다.

　겨울밤이 깊어간다. 아무도 시끄럽다고 항의하지 않는다. 경비원이 몇 번 손전등을 들고 다가왔다가 가게 안을 들여다보고는 고개를 절레절레 흔들며 멀어져간다.

*

몸 쓰는 일은 너무 고돼서 안 되겠고, 머리 쓰는 일은 머리가 나빠서 안 되겠고, 돈 쓰는 일은 돈이 없어 안 되겠고, 죄다 안 되는 일뿐이라던 민용이 마음을 고쳐먹은 건 으르라 주인 덕이다. 지난밤, 자영업으로 잔뼈가 굵은 으르라 주인은 자신도 이제 발상의 전환을 할 때가 됐다고 선언했다.

"자영업은 필망이네. 필승 아니고 필망! 내가 이 아파트 단지에서 장사를 20년 넘게 했는데 말이지. 남은 게 없어. 가게 보증금이라야 얼마 되지도 않고 저 물건들 조금 남은 거 저거밖에 없어. 가져가고 싶은 거 있으면 다 가져가."

주인의 말에 넷은 반사적으로 진열대로 눈을 돌렸다. 민용이 보기에도 탐나는 물건은 하나도 없었다. 먼지를 소복하게 뒤집어쓴 물건들은 있어도 그만, 없어도 그만이거나 있으면 처치곤란일 것들이었다. 이 작은 가게에 저런 게 다 있었구나 싶은.

"지게차부터 해보려고. 그게 또 결국에는 자영업인데 말이지. 그래도 그건 나중 일이고 그때까지는 자본이 필요 없으니까. 자네도 해볼 텐가?"

으르라 주인은 셋 중 민용을 딱 지목해서 물었다. 민용은 순간 좀 부끄럽기도 했지만 속으로는 유레카를 외쳤다. 그렇지! 이것저것 다 안 되는 건 아니지. 기술이 있었잖아!

"그거 어떻게 시작하는 거예요?"

민용은 어깨를 내밀었다. 이미 취했지만 그때만큼은 눈이 반짝거렸을 거라고 지금도 확신한다.

"내가 길 닦아놓을 테니까 자네는 지금 하는 데서 좀만 더 버텨. 힘들어도 주말반 다니면서 자격증을 따두고. 크레인은 어려워도 굴삭기나 지게차는 시작하기도 좀 수월한 편이고, 국비지원을 받는 길도 있을 거고."

주인은 비디오점이 내리막이었을 때 진작 자격증을 따놓았다고 했다. 그때만 해도 자영업이 더 나아 보여서 업종만 바꿔 가게를 계속했는데 다른 곳에 이 정도 규모의 가게를 여는 건 승산 없는 게임을 계속하는 짓이라고 담담하게 말했다. 아무 대책 없어 보이던 으르라 주인이 우러러 보이는 순간이었다. 이안과 저커도 살짝 감동하는 눈치였다.

민용은 소파 앞에서 심호흡을 한 번 하고 몸통에 빡, 힘을 준다. 소파를 나를 때는 기술이 아니라 요령이 필요하다. 팔로 나르는 게 아니라 몸통 전체를 지렛대로 사용해야 한다. 그걸 몰라서 팔을 쓰다 욕도 먹고 몸도 축났다. 이젠 요령 정도가 아니라 본격적인 기술을 쓰는 거지. 지게차도 있고 굴삭기도 있고 불도저도 있고 또 나중에는 크레인이나 또 뭐라더라, 호이스튼가 뭐 그런 것도 있고. 그러니까 몸으로 드는 게 아니라 기계로 든다는 거지. 기계는 기술로 움직이는 거고. 자, 그 기술을 쓰는 자 누구? 민용은 설렌다. 차근차근 배우고 조수부터 시작해서 나중에는 사업자까지 할 수도 있을 테니 무척 오랜만에 희망이란 것을 품어본다. 그러니까 장래희망 중장비 기사. 뭐, 소파 검사보다는 낫지. 어라, 그러고 보니 그것도 '사'자네. 집사 다음으로 소파 검사, 그리고 중장비 기사. 창고 안이 얼어붙게 추운 날인데 마음은 훈훈해진다. 또 그러고 보니, 언제부턴가 발가락이 아프지 않다. 덜렁거리던 엄지 발톱이 빠진 자리에 새 발톱이 삐죽 나왔고 두 번째 발톱은 거의 다 자랐다.

민용은 되다 만 노래를 흥얼거리며 옷 속으로 손을 넣어 어제 붙인 파스를 떼어내 호기롭게 패대기친다. 노래는 이안이 유튜브에 올린 〈히어 투데이(Here Today)〉. 물론 가사는 모른다. 멜로디도 틀리는데 뭘. 중요한 건 그런 게 아니라고.

*

아파트 정문에 도착하자 저커는 버팀쇠를 내려 자전거를 고정시키고 연후에게서 건네받은 배낭을 단단하게 둘러맨다. 저커의 배낭은 거의 이삿짐 수준일 것이라는 우려를 깼다. 3개월 계획이 맞느냐며 몇 번을 물어봤을 정도로 가뿐하다. 짐은 자전거 한 대와 앞뒤에 설치한 방수 가방, 그리고 이 배낭이 전부다.

"사진이라도 한 방 박아야지."

이안의 제안에 네 사람은 아파트 정문의 푯돌을 둘러싸고 선다. 푯돌에 음각된 글씨는 오로라 아파트에서 유일하게 하나도 낡지 않은 상태다. 각자 전화기를 꺼내 한 장씩 찍고 저커가 자신을 제외한 나머지 셋을 여러 장 찍는다.

저커는 여기서부터 자전거를 타고 인천항 여객터미널로 간다. 대륙 횡단이 목표인 마당에 좀스럽게 전철로 움직이지는 않겠다고 했다. 부두에서 배웅하려던 계획이 어그러져 셋은 퍽 아쉬운 참이다.

"네 시간이면 갑니다. 걱정 마십시오."

저커가 안장에 걸터앉는다. 며칠 전 못 보던 자전거를 끌고 와 베란다에 모셔둘 때 식구들은 깜짝 놀랐다. 주워온 게 아니라서였다. 비록 여행 동호회를 통해 얻어걸린 중고라고 했지만 저커가 뭘 사다니! 저커는 얼굴이 발그레해져 이걸 타고 중국대륙을 횡단할 계획이라고 말했다. 일 안 하고 여행을? 돈 안 벌고 여행을! 대륙을 횡단한다는 계획보다 저커가 여행을 간다는 사실이 더 놀라웠다.

"다르게 살아보고 싶습니다. 지금 아니면 영영 못 갈 것 같습니다."

연후가 제일 먼저 박수를 했다. 민용이 따라서, 다음엔 이안까지 손바닥이 아프도록 박수를 보냈다.

"이야! 대단한걸. 그렇지! 그게 청춘이지!"

이안이 저커의 어깨를 두드렸다. 어찌나 힘이 실렸던지 때리는 것 같았다. 저커는 움찔움찔하면서도 함빡 웃었다.

딱 달라붙는 비니 위로 점퍼의 후드를 덧쓰고 페달을 밟기 시작하자 자전거가 미끄러지면서 순식간에 멀어진다. 저커가 머리 위로 손을 흔든다. 뒤돌아보지는 않는다. 멀리 오르막이 있다. 오르막이 시작되기 전 속도를 한껏 올린다. 튼튼한 다리가 부지런히 페달을 밟는 동안 두툼한 점퍼에 싸인 등이 점차 작아진다. 민용은 문득 곰을 떠올린다. 덩치에 어울리지 않게 꿀에 탐닉하는 곰. 곰처럼 우직한 저커에게 어딘가 먹음직스러운 꿀통이 기다리고 있기를. 민용은 아침햇살을 헤치고 달리는 저커의 뒷모습을 기도하는 마음으로 바라본다.

"저커가 가니까 집이 텅 빈 것 같지 않나?"

착 가라앉은 이안의 말에 민용은 저커가 있던 안방 쪽을 본다. 말끔하게 비워진 방 한쪽에 캐리어 하나가 덜렁 놓였다. 3개월만 맡아달라고 민용에게 부탁한 짐이다. 이안은 소파 등받이 위에서 식빵을 굽고 있는 유로를 향해 손을 뻗는다. 유로는 눈을 가느스름하게 떴다 감았다 하면서 그림처럼 앉아 있다.

"아! 이제 아저씨가 안방 쓰시면 되겠네요."

연후가 목소리를 한 옥타브 끌어올린다.

"며칠 남았다고."

이안이 옥타브를 제자리로 돌려놓고 만다.

"참, 저쪽 집은 나갔나봐요."

"복도 안쪽?"

"이제 12층에 우리밖에 없어요. 수능 끝나고 어쩌고 하느라 여태 있었다나봐요."

민용의 말을 끝으로 셋은 입을 다문다. 연후가 가방을 집어든다. 학원에 갈 시간이다. 연후는 고시원으로 들어가겠다고 선언했다. 그동안은 워밍업이었고 이제 본격적으로 공부를 할 때가 왔노라 큰소리를 쳤다. 그게 며칠 전이었다. 달라지긴 달라진 건지 주말에 학원에 가는 건 처음 본다. 이번엔 진짜일지도 모른다.

다녀온다고 씩씩하게 외치고 나간 연후의 발소리가 복도를 울린다. 멀어지던 소리가 다시 가까워지고 연후가 도로 들어온다.

"하나 찍고 가야지. 잊어버릴 뻔했네. 아저씨, 노래 골랐어요?"

"몇 번을 말하나. 노래가 오는 거라고."

"그러니까 온 거 중에 골라보시라고요."

연후가 소파 위에 던져진 옷들을 치운다. 이안의 계정은 며칠 사이 구독자가 몇 명 늘었고 좋아요도 두 자릿수가 되었다. 이걸 사람들이 어떻게 알고 구독하느냐고 이안은 신기해하고 연후는 원래 그런 거라고 얼버무린다. 좀 이상하다. 평소 같으면 다 자기가 잘 찍어서 그렇다고 뻐겼을 녀석이. 이안은 잠시 생각에 잠겼다가 고개를 들고 시작한다.

"오늘 아침 이 노래가 제게로 왔습니다. 높이 나는 새들아, 하늘의 태양아, 내 기분이 어떤지 아느냐. 잇츠 어 뉴 던 잇츠 어 뉴 데이 잇츠 어 뉴 라이프 포 미 앤드 아임 필링 굿(It's a new dawn. It's a new day. It's a new life. For me. And I'm feeling good). 이곳은 강남의 오래된 아파트입니다. 이제 며칠 후면 철거를 하게 됩니다. 제가 여기서 세 젊은이들과 몇 달 살았는데요. ……참 미안해요. 세상이 너무 힘들어졌어요. 우리 세대가, 제가 그렇게 만들었죠. 제대로 못 살아서 정말 미안해요."

여기까지 한 이안이 한숨을 내쉬고 고개 숙여 절을 한다. 민용과 연후는 조용히 이안을 지켜본다. 이안은 베란다 쪽으로 자리를 옮겨 창을 등지고 선다.

"건너편 동 나오지?"

연후가 이안을 따라 움직이며 고개를 끄덕인다.

"제 뒤편에 있는 동 보이시나요? 저기 말입니다. 그동안 잘

먹고 잘 산 사람이 살아요. 율사라는군요. 그런데 말이죠. 퇴거 일정이 나오고 나서 집수리를 했다는군요. 그리고 지금 알박기 중이고요. 얼마나 더 잘살려고. 나쁜 새끼! 아, 죄송합니다. 나쁜 분입니다. 저런 사람들이 젊은이들에게 사죄해야 합니다. ……같이 살던 친구 하나가 오늘 자전거 여행을 떠났어요. 중국 대륙을 횡단한답니다. 이렇게 추운데요. 가난하게 자라서 억척같이 일하던 친구죠. 제대한 지 1년인데 아직 복학도 못했습니다. 그 친구에게 뉴 데이, 뉴 라이프가 오면 좋겠습니다. 필링 굿의 여행이 되기를 바랍니다. 니나 시몬의 〈필링 굿(Feeling Good)〉 듣겠습니다. 어이, 저커! 듣고 있나? 잘 다녀와. 건강하게. 힘들면 중간에 와도 돼."

연후의 등이 조금 출렁거리고 훌쩍이는 소리가 난다. 민용은 목구멍이 꽉 조여와 억지로 침을 모아 삼킨다. 중간에 오라니. 이제 오로라 아파트는 없는데. 우리는 뿔뿔이 흩어질 텐데. 셋은 잠시 동안 아무 말도 없이 서 있다. 연후가 바닥에 앉더니 노트북을 꺼내 펼친다. 때각거리는 자판 소리가 유난히 크게 울리고 민용은 멍하니 연후와 이안과 창밖을 본다. 업로드를 마친 연후가 갑자기 소리를 지른다.

"가면 되잖아! 지금이라도 전철 타고 가요! 자전거보단 빠를 거 아냐! 오후 배니까 시간 충분해요!"

민용이 연후의 팔을 꽉 움켜쥔다.

"니가 진짜 천재 맞구나!"

천재는 가운데에, 민용과 이안은 양옆에, 세 사람은 나란히 지하철에 앉아 있다. 연후 녀석이 그런 기특한 생각을 해내다니 운이 좋았다고, 이것도 저커의 앞날에 서광이 비치는 징조라고, 민용이 흥분해서 떠들고 이안과 연후가 고개를 깊이 끄덕여 동의한다.

"자네……."

신도림역에서 1호선으로 갈아타러 가는 길에 이안이 민용에게 말한다.

"같이 가지."

한 걸음 앞서 걷던 민용이 걸음을 늦춘다.

"지하에 말야…… 창고가 얼마 전에 나갔는데……."

신도림역은 휴일인데도 환승객이 제법 많다. 이안의 말을 놓치지 않으려고 민용은 더 가까이 붙는다.

"돈은 안 되겠지만 엘피 바를 차리기로 했네. 어떡하나. 버렸던 물건 집에 다시 들이는 거 아니라는데. 주워온 자네가 책임지라구. 가게에서 고양이 키우는 게 요새 유행이라면서? 편하진 않아도 잠잘 공간은 있고 근처에 목욕탕도 있고."

이안이 남의 일처럼 말한다. 최대한 건조하게. 일부러 그렇게 말하는 이유를 알 것 같다.

"……."

민용은 조심스럽다.

"딸애가 내 계정을 보나봐. 이상하지? 얼마 전에 갑자기 연락을 해왔는데 이건 다 그 애 아이디어네. 저녁 시간에 알바를 두라는 것도, 고양이 키우는 가게가 있다는 것도 다 그 애 말이네."

민용은 연후 쪽을 힐끔거린다. 듣고도 못 들은 척하는 건지 정말 못 들은 건지 연후는 전화기를 보면서 걷고 있다. 민용은 선뜻 대답이 나오지 않아 엉뚱한 소리를 한다.

"아저씨, 며칠만 있으면 환갑이라면서요. 12월 30일. 연후가 그러던데요."

이안의 입이 툭 터지며 벌어진다. 환갑의 사내가 이토록 해맑게 웃을 줄 알다니.

"그래서 말인데, 사실은, 다음달부터 연금을 당겨 받기로 했네. 그걸로 우선 월세를 내기로 했어. 내 건물인데 내가 월세를 내다니, 좀 웃기는 일이긴 하지만."

웃기는 일이라면서 이안은 진짜 환하게 웃는다. 그간 일이 어떻게 풀렸는지 민용이 다 알 수는 없지만 최근 이안의 '컴백 홈'이 급물살을 타고 있음을 어렴풋이 느끼고는 있었다. 전에 없이 메시지를 주고받는 장면도 목격했고 방문을 닫고 들어가 통화를 하는 적도 있었다. 물론 엘피 바는 예상치 못했던 일이다.

"아, 축하드려요!"

민용은 무엇에 대한 축하인지 헷갈리면서도 무조건 축하하는 마음이 든다. 환갑인지, 연금인지, '컴백 홈'인지, 엘피바인지, 아무려나 다 축하할 일이다. 이안이 무어라 말하는 순간 열차 도착을 알리는 신호음이 플랫폼을 울린다.

*

부두의 바람은 도시의 바람과 차원이 다르다. 짭조름한 바다 냄새를 들이마시자 가슴이 얼얼하다.

"너무 일찍 왔네. 어, 추워!"

연후가 모자를 여미며 말한다. 투덜거리면서도 내내 싱글거린다. 출항 시각은 한참 남았고 저커가 출발한 지는 이제 네 시간이 조금 지났다. 세 사람은 부두를 한 바퀴 둘러보고 대합실로 간다. 대합실은 연변 사투리와 중국말과 우리 말이 뒤섞여 시끌벅적하다.

"어, 저기!"

편의점에 다녀오던 연후가 가리킨 곳에 저커가 있다. 이마를 찡그린 채 핸드폰 화면을 살피고 있다. 세 사람은 웃음을 참으며 살금살금 다가간다. 저커는 화면을 꼼꼼하게 읽어내리며 인적사항을 채워넣고 체크 박스를 터치한다. 민옥순. 민용과 연후가 넘겨본 화면에 그 이름이 입력된다. 할머니 앞으로 여행자 보험을 드는 걸 보니 역시 저커답다.

저커가 앱을 종료하고 고개를 드는 순간 연후가 어깨를 툭 친다.

"어!"

저커가 말을 잇지 못하고 멀뚱멀뚱하다가 손등으로 눈을 쓱 훔친다.

"야, 너 때문에 형이 오늘 학원 쨌다. 진짜 마음잡았는데 말야."

연후가 잇몸을 다 드러내며 크게 웃고는 아랫입술을 내밀어 눈에 입김을 분다.

"아까…… 고맙다는 말을 못했습니다. 오면서 계속 그 생각만 했습니다."

저커가 허리를 꺾어 세 사람에게 절을 한다. 이안과 민용이 저커의 팔을 다독인다.

"너, 이거 못 봤지?"

연후가 전화기를 꺼내 새로 올린 영상을 보여준다. 이어폰을 귀에 꽂아주자 저커는 다 보기도 전에 또 손등으로 눈을 닦는다. 이안이 대합실 바깥 멀리로 눈을 돌리며 헛기침을 한다.

"저만 먼저…… 나와서 죄송합니다."

저커가 젖은 목소리로 간신히 말한다.

"누구든 먼저 떠나게 마련이지."

이안이 손을 내젓는다.

승선이 시작되고 사람들이 물결처럼 여객선 쪽으로 흘러간다. 연후가 자전거를 빼앗다시피 해서 끌고 넷은 천천히 배를 향해 걷는다. 연후가 저커에게 귓속말을 한다.

"챙겼냐? 내가 말한 거?"

저커의 얼굴이 벌겋게 달아오른다. 연후가 킥킥거리며 점퍼 주머니에 재빨리 뭔가 찔러준다.

"뭐냐? 돈이냐?"

민용이 묻는다. 연후는 못 들은 척하고 저커는 여전히 달아오른 얼굴로 어쩔 줄 모른다. 민용이 뒤늦게 알겠다는 듯 씩웃는다. 이안은 배가 엄청 크군, 이라고 엉뚱한 소리를 하고.

제한선 앞에서 저커가 자전거를 넘겨받는다. 주춤거리며 배로 향하는 모습은 도무지 저커답지 않다. 저커가 뒤돌아볼 때마다 셋은 손을 흔들어준다. 이윽고 저커와 자전거가 배에 오른다. 저커는 한 번 더 뒤돌아보곤 곧 사람들 사이에 묻힌다.

"그런데 말야."

이안이 멀리 앞쪽을 보면서 불쑥 말한다.

"당분간 알바비는 없네. 대신 월세도 없고."

아까 하다 만 엘피 바 이야기다. 민용은 아직 대답을 하지 않았다는 사실을 깨닫는다. 저커의 모습은 이제 보이지 않는데도 세 사람은 한동안 자리를 뜨지 못하고 배와, 배 너머 바다와 하늘이 맞닿은 곳을 바라본다. 바다고 하늘이고 거의 잿빛이어서 수평선은 멀고 흐릿하다.

"아무래도 자네보다는 유로가 열일할 테니 유로 알바비를 좀 쳐주도록 하지."

이안이 코를 벌름거리며 헛기침을 한다.

"뭐야? 형, 이제 투 잡 뛰는 거야? 오, 능력자!"

"뭔지는 알고 그러냐?"

"형, 바보냐? 나는 뭐, 귀가 없냐?"

"너, 이 자식. 철 좀 들어라. 형한테 버릇없이!"

민용이 연후의 복부에 어퍼컷을 날리는 시늉을 하고 연후가 비명을 지르며 비틀거린다.

"철들자 환갑이라잖아. 그렇죠, 아저씨?"

이번에는 이안이 연후에게 훅을 먹인다. 연후가 곧 쓰러질 것처럼 민용에게 안긴다. 가발만 씌우면 재연배우다.

"이안의 음악주방? 가게 이름 자네가 지은 거라며? 의뭉스럽긴."

"주방……요?"

민용이 놀란 목소리로 묻는다.

"형, 긴장할 거 없어. 술 주 자야. 아재 개그지, 뭐."

연후가 그럴 줄 알았다는 듯 키득거린다. 화해한 후로 이안과 연후는 부쩍 친밀해 보인다. 연후가 이안의 생일을 알고 있는 것도 뜻밖이었다. 그런데 가게 이름도 연후가 지었다고? 그걸 이안은 몰랐다고? 일이 어떻게 돌아가는 건지 모르겠지만 둘 사이에 앙금이 남지는 않은 것 같아 민용은 안심이 된다.

셋은 바다 쪽을 향해 다시 나란히 선다. 민용은 출항의 돛을 올려 고정하듯 모자를 단단하게 여민 다음 두 다리에 바짝 힘을 준다. 숨을 깊이 들이마시자 가슴이 저절로 벌어지고 바다내음이 폐부 가득 밀려와 출렁인다. 가운데에 선 연후가 이안과 민용의 허리를 감싸 안는다. 민용은 연후의 등 뒤로 팔을 뻗어 이안의 어깨를 꽉 움켜잡는다. 이안도 민용의 어깨에 손을 얹는다. 한 덩어리가 된 세 사람은 파도에도 꿈쩍 않는 갯바위 같다.

"바다 온 김에 미역이나 사갈까."

수평선을 향해 중얼거리는 민용의 눈매가 가느스름해진다. 아무래도 연후의 눈웃음이 옮아왔나보다. ■

노량진에 가면 만양로라는 길이 있다. 북쪽으로 노량진로와 닿아 있는 이 길은 올리브영과 다이소를 양옆에 끼고 남쪽을 향해 흘러간다. 만양로에서는 필요한 거의 모든 것을 해결할 수 있다. 학원과 식당과 커피숍과 편의점과 당구장과 PC방과 고시텔, 부동산과 출력집과 안경점과 아이스크림 가게와 교회까지. 이면도로에는 더욱 많은 식당과 커피숍과 당구장과 PC방과 고시텔…… 들이 복닥거리고. 그런데 조금씩 휘어지며 이어지는 이 길의 형태는 흡사 느릿한 노랫가락처럼 느껴진다. 이상하지. 이 번잡한 도로가 무엇이든 자꾸 유예되는, 심지어 뒷걸음질치기도 하는 야릇한 느낌이 드는 것이.

그 길에서 많은 청춘을 만났다. 하지만 아무래도 그것은 만남은 아니었겠다. 지나치고 바라보고 마음에 담아두었을 뿐.

그럼에도 그들은 지치지 않고 내게 말을 걸었다. 미래가 보이지 않는다고, 무엇을 받게 될지 알 수 없는 상태로 젊음을 담보 잡히기엔 너무 막막하고 억울하다고, 우리들의 세계에 어떠한 기쁨과 희망이 있느냐고 그들은 내게 물었다. 그러나, 그러면서도 그들은 쉽사리 사그라지지 않을 광채를 아직 간직하고 있는 듯했다.

문득 통계청 자료를 찾아본다. 화면에 못이라도 쳐서 사정없이 붙박아둔 것 같은 차트에 머리가 지끈거린다. 익숙지 않아서이기도 하지만 사람을 숫자로 치환하는 일에 지쳐서이기도 하다. 3년 째 접하는 확진자 수, 위중증자 수, 사망자 수 때문일지도 모른다. 병도 죽음도 숫자로 간단하게 정리되는 가혹함에 늘 거부감이 든다. 차트도 마찬가지였다. 고용률, 실업률, 경제활동참가율 같은 항목과 성별, 연령대 등의 지표에 의해 빼곡한 숫자들이 횡으로 종으로 가득 찬 차트의 어느 틈바구니에 사람이 있는지 잘 모르겠다. 그러나 저 빼곡한 사각형 어느 칸인가에 오로라 아파트의 다섯 남자가 분명 속해 있겠지.

내게 끊임없이 말을 걸어오던 청년들은 민용과 연후, 저커가 되었다. 이들이 이안과 오로라 상회의 주인을 만나게 하는 것은 온전히 내 몫이었다. 그 일이 내게 주어져서, 그들을 만나게 해줄 수 있어서 힘겨우면서도 내내 즐거웠다.

차트를 닫고 기억 속의 만양로를 떠올려본다. 봄이 오면 왕복 2차선 도로의 가로수는 벚꽃을 환하게 피우고 곧 너그러운 그늘을 드리워준다. 그 사실을 그 길의 청춘들도 알고 있을까. 오로라 아파트는 지상에서 사라졌지만 오로라가 사라지진 않는다는 진실도 알고 있을까.

그것이 진실이긴 할까.

2022년 봄

이경란

오로라 상회의 집사들

1판 1쇄 발행 2022년 4월 29일

지은이 · 이경란
펴낸이 · 주연선

(주)은행나무
04035 서울특별시 마포구 양화로11길 54
전화 · 02)3143-0651~3 | 팩스 · 02)3143-0654
신고번호 · 제 1997-000168호(1997. 12. 12)
www.ehbook.co.kr
ehbook@ehbook.co.kr

ISBN 979-11-6737-165-2 (03810)